生活
志文丛

咔嗒

李琬
——
著

天津出版传媒集团
百花文艺出版社

图书在版编目（CIP）数据

咔嗒 / 李琬著. —— 天津：百花文艺出版社，2025.

3. —— ISBN 978-7-5306-9063-5

Ⅰ.I267

中国国家版本馆 CIP 数据核字第 2025772ZG4 号

咔嗒

KADA

李琬　著

出　版　人：薛印胜
策划统筹：汪惠仁　张　森　　封面设计：蔡露滋
责任编辑：田　静
出版发行：百花文艺出版社
地址：天津市和平区西康路 35 号　　邮编：300051
电话传真：+86-22-23332651（发行部）
　　　　　+86-22-23332656（总编室）
　　　　　+86-22-23332478（邮购部）
网页：http://www.baihuawenyi.com
印刷：天津新华印务有限公司
开本：787 毫米×1092 毫米　　1/32
字数：133 千字
印张：7
版次：2025 年 3 月第 1 版
印次：2025 年 3 月第 1 次印刷
定价：39.00 元

如有印装质量问题，请与天津新华印务有限公司联系调换
地址：天津东丽开发区五经路 23 号
电话：(022)58160306　　邮编：300300

目录

I 此在

II 别处

III 家书

I

此

在

课程报告

那是我在学校的最后一个学年了。我实在很需要实习，因为在此之前我几乎没有做过任何真正的实习，除了在某个杂志社短期工作以外。我快要毕业了，看书的爱好并没有办法变成工作。我去了一家出版社实习，工作包括基础的校对和编辑，需要反复核对校样。这些是博物学书，虽然我并不是相关专业的学生或爱好者，但工作的内容本身令人愉快，还学到一些肤浅的植物知识。想来，我并没有什么特殊的劳动技能，除了看书、写作、使用英文。除开和文字有关的工作，过去的一些"社会化"尝试也不甚成功。好像有帷幕遮挡着，无论我怎样结交朋友，研读新闻，努力追求 GPA①，也无法得到那种与外在和陌生人的联系。

比如刚入学不久时，参与了某个支教项目，和同学一起去郊区学校教书。那所学校给我们提出的要求是，我们需要讲一些课本之

---

① Grade Point Average，平均学分绩点。

外的内容。我不明白可以带给别人什么，特别是课本之外的内容，为什么这些大半不会上高中的孩子需要听这些呢？在我绞尽脑汁到底该讲些什么并做好十分的准备以后，每次上课的四十五分钟里仍然会遇到四五次纪律完全失控的时刻，我不得不用本来不洪亮的嗓音努力维持安静——这种情况对于所有老师都是如此。课后班主任对我的讲课内容提出了建议，可我本以为他应该赞许我至少让他们坚持听到了最后。由于实在觉得没有什么非讲不可的话题，于是帷幕又渐渐落了下来，我后来便不再做这样的尝试。

我在最后的学年里选了一门有关《圣经》研究的课，由于不是专业课，心情比较容易轻松下来。老师福特先生是美国人，在中国待过多年。他像是从格兰特·伍德的画里走出来的，凹凹的眼窝，长长的鼻子和脸颊，戴着仿佛已成为他五官一部分的眼镜。他也像是那画里二十世纪三十年代的人，而非二十一世纪。他常穿颜色暗淡但整洁且有格调的条纹衬衫、素色西装裤，说话慢条斯理。衣服的颜色和材质，还有他苍白又带点暗赭石色的肤色，让我联想起二十世纪的美国——虽然我并没有目睹过——想起所有那些小说里的枫树、橡树和冷杉。

那是少数让我感到平静的课程报告，或者说我们已开始常说的"pre[①]。(我不明白为什么很多已有中文常用词的表达，在日常谈及时需要用英文和英文简称。)绝大多数课程报告并不是针对某个

---

① Presentation，展示、报告。

咔嗒

特定文本的。即使是，也需要先弄清庞杂的前研究，但即使我读了所有的研究，也常常并不能产生某个观点。于是报告仿佛是一些介于论文和综述之间的东西，并且我也非常清楚，在我谈论它们的时候，大多数听者并不知道这些研究，我只是在接受另一种单维的"考试"，希望在面露疲倦的老师心中得到不太难看的得分。每次做完报告，我想"意义"是存在的，但或许它并不属于我。我需要花费数月读完沈从文的书，然而并没有得出什么来，对于梁漱溟也一样。我还找来一手或二手的报告文学来看，在一个月内做了许多笔记，但依旧没有想到该怎样把它们加工成五万字以上篇幅的论文。这令我感到愧疚。

这门课却不是这样，至少我可以暂时忘记这些。课程要求是我们每周读指定的一到两章的《圣经》，福特先生请我们在不参考任何其他文献的情况下写出中文一千字或英文五六百字的作业，内容是讨论我们从选读章节读到的一个重要问题。我觉得，关于这种个人的解读，福特先生的确不可能有什么答案，他将采用的"标准"，应当是评论家对于作家的标准，而非期刊对于学者的那种标准了。

每周我都选择用英文完成作业，这不是为了让任何人对我印象更好，只是我以为，这样向他说明问题会更方便些，不需要完成内心的翻译。我很喜欢修整句子使之更为流畅的过程，这是我强迫症嗜好的显现。我会保留一些色泽细微的词，删除大部分复杂、冗余而拗口的表达，在复合句中穿插简单句，并创造出不可更改的如数学论证般的语调。或许，钦定版《圣经》本身影响了我；又或许，刚读完不久的《摹仿论》影响到了我，我试图在五六百个词里制造同等的风格。（这显然是一种过高的梦想，但并不妨碍我体会到同等的创作乐趣。）

福特先生总是用淡灰绿色的眼睛，不带感情色彩地看着每一个人。他会用前半节课讲解相应的章节和不同研究者的看法，后半节课是学生做报告和他的点评。对我来说，这更像是一门英文写作课，且不算很有难度，也没有特定的要求和主题。我的头脑仿佛因此变得清晰起来。

每周有一天或两天的深夜，不同版本的《圣经》在我面前展开，我坐在狭小得不能更小的宿舍书桌前研究它们，而毕业论文暂时被搁置在了一边。这些句子都很简单，却充满细微的变化和情感。"首领""判官""芦荻""苦情""外邦"。每一个比喻，每一声哀告和叹息，每个变成典故的故事，在近看时都有新鲜的意味，它们告诉我很多事，至少，我自以为是这样——这就是细读的功能。H师曾在理论课上展示过细读的方法，他读了施蛰存的《梅雨之夕》。我认为那之所以令我印象深刻，不只是因为他讲授精彩，也是因为施蛰存本身是一位充满魔力、眩晕感和暗示性的作者。

我明白，如果任何文章、诗和小说没有"中心"，或读者无法把握那个中心，那么细读其实也并没有什么意义。我久久品尝着文字的质地与滋味，但并不能生产出什么自认为需要几十个以上读者读到的东西。

在这门课上，轮到我们做报告的时候，每位报告人时间不过五分钟，以使听众不会过于疲劳。但不论我上一周做作业时如何兴致勃勃，每次回忆并略略转换自己的英文文章却要花费一番工夫，于是在讲台上，我常常会把语速放得很慢。

我认识了艾芙，她开玩笑地说我讲得太慢。主动和我结交的朋友少而又少，她是其中之一。不知我迟钝的语词的间隙，是否反而令她注意到了我的衣着，课后她淡淡地说我的衣服好像有某种风格。艾芙的打扮似乎更为精致。她个子和我差不多，人很好看，我不由得注意起她来。我们后来有时会一起去吃饭，她总是那么温柔而强悍。

上完课回到宿舍，住在楼上的主修电影的元蕙来借打火机。她时不时会来，是我可以谈论电影的朋友之一。当然，在电影方面我谈不上有什么特别丰富的知识，但是至少我们会在意彼此所说的电影和故事……她说她把打火机扔到了楼下，为了戒烟。我很难想象这个画面，她和我会在阳台抽烟，楼下草地如脱毛的狗，我从没有看到任何泥土和稀疏青草之外的东西。想到她要戒烟，我不知道该不该把打火机借给她。这似乎是一对矛盾。但人们往往意识不到，或故意不去注意这些矛盾。实际上，我自己很少抽烟。或许我是在意识深处想到她会来借，而我不想让她失望，所以我自己也才继续抽烟的吧。

福特先生称赞了我的写作，而且后来在期末给了我超出预期的分数，不过对于这些文章提出的观点本身，他倒是没有提出什么明显的意见。回过头来想，他或许只是想让我们比较仔细地读这本书罢了。不管怎样，如果福特先生最开始也算是陌生人的话，那么是的，这也是一种超出机械流程之外的联系。

元蕙与艾芙都是从陌生人转化而来的联系。我想象有人把个体的社会关系比喻为蛛网，但对于那时的我和很多人来说，大概只是残缺到仅剩几根蛛丝的结构而已。

我想起更早些时候，在一门不得不修的英语课上，一位看起来亲切平易的老师给我们布置的作文，题目之一是关于机器人的看法。我以略有些无奈而讽刺的口吻，表达了对机器人不受情绪干扰的羡慕，却得到这位英文老师的批判。我本以为英文课的作文是关于写作技巧和词汇本身的，而不是价值观。我并不愤懑，但感到困惑不解。于是，这就并不是一种联系，而且在那门课上，我和任何人都没有真正的联系。

学期过完了一大半。那天，在这门课的课间休息时，我走出教室，看到经过了无数次的走廊，看到它医院一般洁白的墙面和反光的地砖。我拿出手机打电话给某个熟悉的但即将变得陌生的人，然后半是发泄半是认真地对电话说，我要退学，要去欧洲过上个一年半载。我知道这自然不是真的。

回到教室，福特先生的声音继续像牧师一样响起，只不过比牧

咔嗒

师更均匀而不受听众的干扰，内在而稳固，语速和中学听力训练里的录音一样。我忽然记起中学时代听力训练书 *Step by Step* 里的故事。从前我很喜欢这本听力练习册，即使是一本新书，它的纸页也带着米黄色，而且那是我父母时代就用过的教程。这是我们在受教育阶段为数不多的共同之处。有个短故事是我最喜欢的，讲的是在精神病院里待了一辈子的园丁，原来是因为很年轻时的一次纵火而被关进来。这一天放假休息，他和其他人一起外出，傍晚他快乐地回来，却依然在城中留下了一处大火。讲述这段故事的声音来自一位有着清脆英国口音的女士，我并不很明白这个很短的故事到底是什么意思，但想来大概是，我们必须接受某些无法改变的性格或禀赋的存在——即使那并不正面。编写这本书的人，应该不会"矫正"或鄙夷我内心里与这位园丁的共鸣。

那个时刻，没有任何具体的事件触动我，但我陷入个体的小小的悲欢，在教室里不由自主地流下了眼泪，没有出声。

福特先生的眼神如此平静，仿佛懂得了应该懂得的一切，又仿佛他从出生起就是这样的眼神。或者他会认为我是因为《圣经》而流泪吧——这也太夸张了。不管怎样，我只是用食指擦了擦脸，生怕他注意到我的异常。但我也同时意识到，或许我"无意识"的举动也包含着打断上课的动机。我察觉到他看到了这一幕。而那仿佛属于牧师的，又像听力磁带般的声音，没有裂痕地继续着。我仿佛受到了安慰，并感到心中的某个洞口前面，石头像耶稣墓门那样挪开。

我希望明天就离开这里，随便走到哪里，去劳动或休息。

咔嗒

五六月时,我的城市多雨,但常常是毛毛细雨,不很透彻,带着一种引逗人的抚摩之感。绵密轻盈的雨珠落在那些水杉柔软青碧如细小流苏的叶片上,落在所有坚硬物体的表面,把万物连接为一体。

下过雨之后,天不立刻晴,而是阴着,空气却已经渐渐变得爽朗,带着湿气,凌霄花、夹竹桃、山茶、麦冬、地黄的气味纷纷被蒸发出来,泡涨的树皮也有一股特别的气味,如同清晨的鸟叫彼此缠绕而互相扩大,香软潮湿钻进人的五脏六腑。不需要言语,不需要图书、音乐、电影,我们就了解了人类心灵中令人激动的一面。

我们并不知道,那些士兵是如何忍耐这样的天气的;如何在这种天气里,和往常一样六点早早起来,列队唱歌——那些英勇顽强的歌;如何目不斜视地训练,整齐划一地扛着扫帚去扫地,步调平稳一致地结伴出行。他们从不被允许三三两两地出行,如果在路上遇到,就要列队行进。但是我们也渐渐明白,雨水和花朵的柔弱中也暗藏着一种暴力,它压迫着人,使人呼吸急促,忘却贫乏的、无趣味的事物,把心思集中在这些细小而广大的诱惑上面。

或许他们只是在用另一种强硬压制这种强硬。我注意到了他们闪闪发光的帽檐、帽徽、皮鞋、枪套。他们的皮肤也闪闪发光。我第一次注意到这一点,正如每一次雨过天晴,你也总像是第一次看到天空的蓝色那样。

更蓝了。

只要一有机会,中学下课后,我就会去操场外面看学员学习射击。他们还在初学阶段,没有实弹,只有上膛、换弹匣、瞄准等种种步骤。那时,每一天悄无声息地过去,显得那么微小而沉重,不发出一点声音,但是压在心上,让人喘不过气来。放学后的几十分钟,至少我是自由而轻松的。我和方力在一起聊天,其实还有其他几个伙伴,只是我和方力更要好一些。方力的父亲下班,远远地看见他骑车,我就赶紧躲起来。但其实我不知道为什么要躲。

这片操场,以前还是煤渣场地,中间是真草坪,足球不时飞来,需要尽力躲避,球上沾满灰土。踢球的人是一些穿白色长袍的棕色皮肤的阿拉伯人,我小时候总是好奇为何他们即使穿着长袍也那样轻灵敏捷。他们站立在橙黄色的光线下,像狐獴那样忧郁。

但是过了几年,操场铺上塑胶跑道了,足球场也被人造草坪取代。在临近黄昏的最金灿灿的阳光下,那些穿迷彩服的学员正在训练。我着迷地捕捉着虚空中手枪和步枪发出的种种细小叫喊。整齐的、清脆的、散发出精确透亮回声的"咔嗒"。弹匣发出的响声包含神秘。树叶微微抖动,空气泛起弧线。

这种神秘有厚度,有体积。它仿佛在遮挡着什么其他的人生中不美丽的东西,比如高声宣教的教条、一望即是重复无尽的日子、连绵不绝但彼此无关的时间与人。它暂时隔开了这一切,却像磁铁那样,把我和另一种看不见的东西连在一起。我在心里反复地抚摩那个响声。它悄悄打开心中的某个开关。没有任何东西变化,但我感受到开关的存在,光明与黑暗、幸福与不幸有了界限。

很多年后,我才意识到,在那些统一的、一生都不会有太大更改的制服之下,他们从未面目模糊不清,而仍然是一个人,单个的人。我以为生命的叫喊会因为高亢的合唱而沉默,但那只是因为十几岁的我还对一切都缺乏了解。

夏天到来,同伴剥好石榴,我们一一把石榴籽放进嘴里。汁液四溢的早上,像烧一根头发那么短的无忧无虑的时光。我和她们手挽着手。手臂长长了,也变得更粗了一些。我们不喜欢知识和理论,除非它们能帮我们摆脱贫乏的课程。我们开始上英文补习课。米老师很好,她是一位戴眼镜的、清瘦而严肃的女老师,声音温和,唱英文歌时,她的嗓音就变得更亮、更雄壮,非常悦耳。选择题我还能勉强对付,但是轮到写作文的时候,我什么也不会写,只能拼凑一些单词。她把我叫过去,问我是不是很少写。我感到难堪,而这是以前从未有过的。在班里,我们考试不排名,不过老师会表扬谁的作文写得好,谁考得好。我就是语文课上作文被当作范文的那个。我很不想听到别人告诉我,我一点也不会写英文句子。补习课上坐在我身旁的,都是平时在我们大院里一起玩的女孩子。她们就比我写得更好。她们不会笑我,但我忽然感到有什么东西被拿走了。

不过,那种不适是很轻微的。因为那时,我学什么都不努力,不用心,什么也不想做。至于写语文课作文,对我而言,只是不太费力的事。我也在上一个奥数班,大概二十道题里会做一两道。但是好像不觉得有什么要紧的。直到五年级,我们还是在整个校园里跑来跑去,像男生那样疯玩。夏天,我喜欢看同伴的鼻头和上嘴唇,总是淌着细细的汗珠,而这些是我不怎么出汗的地方。跑到累了,我们就抓起水杯大口喝水。我开始学会了骂人,用脏话骂的第一个人是同班有暴露癖的小混混男生。我帮同班另一个女生写情书投递给隔壁班的男孩子。这个女生还有一帮不爱学习的朋友,她们早熟,长得比大部分女生都高一些,已经开始偷偷化妆打扮。不知道为什么,她们对我更宽容、更友善,我喜欢和她们待在一起。代写情书事件被一位平日对我很好的老师发现。她让我去办公室。"你怎么和她们混在一起?她们都很复杂。"还没说我几句,我的眼泪就克制不住掉下来,虽然心里是一点也不想哭的。我一面怀疑自己是不是真的如她所说的那样走上了"危险"的道路,一面又产生强烈的怨愤,为这几个朋友感到不公平。她看我哭,就给我梳头,把我的辫子拆散,重新扎起来。我没有反对这个举动,我什么也不敢做,只觉得难受和紧张。我花了很久,整理了表情才走上办公室旁边的楼梯,告诉她们我很好。我胆怯地减少和她们一起放学回家的次数，但又极力想让她们知道我们还和以前一样亲密。在内心深处，我一点也不想做好学生，而小学的课程又简单至极。我开始编造一个故事，在四百字的稿纸上，一放学就胡写一气，写到二十多页就写不下去了。那个故事大概是《小妇人》《秘密花园》《绿山墙的安妮》《长腿叔叔》《简·爱》还有安徒生《姑妈》的混合物。我试图模仿《姑妈》中的语调。那时流行这些带有浪漫主义因素的少儿读物。当家里刚刚有了电脑，父亲就不知从哪里带回来一些迪士尼动画光碟。其中，我看了一遍又一遍的，是最后一部手工绘制的《小美人鱼》。那个世界波光粼粼，海水深蓝层叠渐染。它和令七岁的我哭泣的《天鹅王子》的故事是同一个世界，而和真实的世界不是同一个世界。

我总是喜欢去别人家。很小的时候，我还在学电子琴，就去另一个同伴——一个学琴的男孩家里。那还是二十世纪九十年代中期，他家铺着柔和色调的棕色亚光木地板，当时很多人家还没有。我很为这种地板着迷。漂亮的地板、音响、窗帘、饼干盒，我没见过的那种冰箱。虽然家里并不缺任何东西，可那时我总觉得，和这些精美的事物之间隔着一层看不见的薄纱，它们是我所不能完全掌握、欣赏和享用的。还有一次我去一个朋友家里，她母亲问我喜欢喝什么咖啡，或者什么样的茶。我感到窘迫，因为我不喝咖啡也不喝茶。父母没有什么饮食的嗜好，虽然偶尔有人送来，也不大喝。我还对一位失去了父亲，只和母亲生活在一起的男生生出羡慕之情，

咔嗒

因为他母亲愿意招待我们所有人。这是我的父母从来没有做过的。我们在一起是那样疯狂地开心，把亮片纸撒得到处都是。但我感到失落，说不出来的、隐隐的匮乏。

当时坐在我旁边的，是一个小个子、皮肤白的男孩子。他容易脸红，喜欢露出不高兴的神情。说不清为什么，他比别人对我更热络一些，而且不再是那种用恶作剧表达的热络。有一次，他拿着一把小刀，我却没有注意，刚刚转过头去，脸颊就被划伤了。我抱着将要毁容的凄惨心情，挤出一丝笑，想让对方不要紧张。他不停地道歉。纤细的血痕，血从中流下来，我照照镜子，却感到轻松。

好在并没有破相，一点疤痕也没有留下。他开始偶尔给我送一些礼物。那时，每一件微小的东西，都带来一整个世界。一包干花，不知从哪里带来的，包装得很漂亮，散发出清洌的混合香，我只能分辨里面有薰衣草的味道，但是要复杂一些。我把干花从纸袋子里倒出来，放在一条鸭蛋青的手帕里，然后把手帕香包放在枕头旁边。我拥有了一个秘密。还有一次，他带来一包酒心巧克力。巧克力包裹在银箔纸里，做成小酒瓶形状，里面是威士忌。在那之前，我只吃过普通的巧克力。他把巧克力拿出来，拆开。有一个已经碎了，他就把那只放进我的嘴里。酒已经漫溢出来，我赶紧捂住嘴角。爆炸般的威士忌酒涂满舌头。在那个时刻，我忽然为在集体中的缺乏朋友和孤单感受到某种奇怪的补偿，带有一点点高傲的。

我和洋洋在她家里补习。她父亲拿出一块小白板，用蓝色油性笔在上面写写画画。他是工程系老师，能教很好的数学。洋洋似乎没有继承任何数学的天赋，我也好不到哪里去。她父亲在讲得急躁时就打她。这时我心想，自己只是碰巧躲过这种待遇。我只能苍白地发出劝告，却起不到任何实际的作用。

就是因为这些看似不重要的事，我们的心才变得不受管束起来。我从没有觉得那些海军士兵的生活比我的更不自由，相反，我认为他们是幸福的，光明的，虽然要很早起床，训练艰辛，但免去了许多生活的烦恼。为什么那些小小的事，都会使人发疯？但他们的日子大概是运动的，发展的，掌握了行动的能力和节奏。长辈说不要和他们来往，他们是危险的。我不知道那是什么意思，也不觉得他们能从我身上得到什么。我和女同学们坐在草地上一起唱歌，轮流地唱歌，轮流地抱一位女生刚刚养的黑色小兔子。小兔子在我崭新的米色毛衣上留下干燥的、灰色的粪团，我抖了一下衣服就弄掉了，好像也不觉得脏，却觉得兔子在身上留下的热烘烘的感觉正是我所喜欢的。有一个连队的宿舍离我们坐着的草坪很近。听到我唱歌忘词时，学员们就帮我们接上。这就是我所能想到的，他们从我身上唯一能得到的东西了。

洋洋父亲教的学员中有一位，学四门外语，充满理想。但我们也不知道理想指的是什么。洋洋的父亲总是摇摇头说，现在的青年啊，我问他们对未来怎么打算，有什么理想，他们告诉我，"什么想法也没有"，只是一片茫然。我心里疑惑，前途大好的士官们，也会

咔嗒

这样吗？他接着又看看我们，表示理想这件事和我们还没有关系。

有一天傍晚我遇见路德走在路上。平时开的吉普车不归他了。他因为爱骂人的脾气惹出事情，暂时停职。我问过父亲，他本名就叫路德吗？父亲说是的，他父亲姓路，母亲姓德。我说，这是个外国人的名字，很突兀。父亲说，嗯，他长得也像外国人。的确，路德非常英俊，而且幽默。他有一双眼角微微下垂的深邃的眼睛，嘴里全是歇后语。夏天总是去郊区训练，带学生游泳、划船，练习铁人三项。不带学员时，他带头用柳条编一个花环，戴在头上。大家纷纷模仿。那年有个学员在游泳的时候惊呼水里有蛇，失去神志，差点溺水，大概是癔症发作。人们都说好多年没有见过这样的情况了。他只能被送回家。这些悄悄被抹去的名字，没有人会知道。

气温在下降，刮起了风，路德看起来比以往更憔悴，但依然笑着。我主动跟他打招呼。他伸出手来，同我握手。这是路德第一次和我握手，上个月还有另一位父亲的老上级和我握手。我把这些记在心里。这说明他们把我当作大人，父亲不在我身旁时，他们也可以同我打招呼。虽然，这个举动首先是因为我父亲。但我为此感到高兴。

空气中的音乐变化了。每天晚上六点到八点，广播中播音员的声音和音乐交替徐徐传送。二十世纪九十年代，天天外出散步，可以用这广播帮助走丢的小女孩找到父母。大概就是在新世纪开始的那几年，流行音乐或本土军乐被改编的苏联歌曲取代，看似平静的生活弥漫起紧张而刺激的气氛。一天傍晚，刚刚下过小雨，地面仍然潮湿,微微泥泞,但沙尘在沥青地面上总是退居边缘。那沥青路面是不久前才铺的,以前只是容易肮脏的水泥路。开车的人多了起来,世界更新了。那时中美关系看起来很好。路边走来一对研究员,他们穿米色风衣外套,里面是藏青的秋冬季军装常服,步履异常轻盈,他们经过时,小小的透明水洼上的黄叶就颤抖起来。我又对生活生起一些不明确的希望。

你有没有看过鸽子飞行的轨迹?它们总是围绕一个中心点绕圈,但是每一个圈都不一样,先是从高处绕一个大圈,然后渐渐降低。把它们所有的轨迹画出来,就是一朵花的形状,而且有好几层花瓣。等你看完这段飞行,太阳就几乎要落下去了。

我把这些讲给洋洋听。看这些有什么用吗?她这么问我。高中后两年,她离开家,转到另一个城市的学校,寄宿在姑妈家里。她向来安静,但有点莽撞,不知道怎么有一次就从梯子上跌下来,摔伤了腿,在家待了一个月还没完全好。我应该去看过她。也许我看过她,也许我没有。我想跟她说些有意思的事情,或者糟糕但滑稽的事,可发现讲出来也没什么意思,她大概也不知道前因后果,就不说下去了。

初中时,洋洋父亲给我们上完数学课,就带我们去外面吃饭。那是一家很短寿的、狭窄的门面,无论如何装潢和经营都没法持久。我们都觉得是风水问题,因为它隔着马路刚好对着两座大楼的缝隙。一两年内就换过几家,在那里前后吃过汉堡薯条、中式快餐、

咔嗒

米粉面条。每次吃饭的时候,洋洋父亲就放松下来了,他不生气,不骂人,跟我们开玩笑。有一次是在初三毕业时,我们像往常那样三个人一起吃东西。我要去和洋洋不同的另一所高中了,我总是极力回避这个话题,并且感到有点难过。我想告诉他们,不要离开我,可是知道这样很愚蠢、多余。他们让我觉得,除了父母,还有人关心我。我能够自由呼吸。

　　母亲聚会时会带着十二三岁的我去。成年人总喜欢问我,以后想做什么。我极力克制,回答说想学外语,最好是西班牙语,然后做个翻译之类的。他们露出我还很天真的表情,表示我应该追求"更好"的前途,意思是做医生、律师、教授,或者投身金融行业之类。我内心很不屑,心想我一点也不想要更好的前途,更何况,我明白假如目前的想法真能实现,那都已经够好了。他们让我感到很乏味。能让我感觉到有趣的中年人聚会,好像还停留在2003年之前。那时总有人爱好变魔术。纸牌魔术,近景魔术。不用看也能猜中手中纸牌,从嘴里吐出漫长的彩色皱纹纸条带,突然从一个人口袋里变出另一个人的戒指,等等。不知道为什么,只要有变魔术环节,我就感到空气中爆发出五彩斑斓的快乐。人们穿着熨好的、精致的衣服,脸上洋溢着发自内心的笑,灯光变得异常温暖而明亮。而没有魔术的聚会,我就感到无比乏味。一位从美国回来的外科医生给我们变魔术。他让我协助他,那时我十二岁。他让我从身后伸手蒙上他的眼睛。刹那之间,我清清楚楚地看见了他的薄荷绿条纹衬衫、他梳得服帖光洁的头发。我闻见了古龙水的味道。我会这么形容，不过实际上，我并不知道古龙水是什么味道，只是在书里看过。总之，一种清淡的、带有轻微的烟草般刺激性的香味。直到今天，谈起或想到任何有关爱慕的心情，我也总是想起这一幕来。那大概是很难实现但毕竟存在过的。仿佛我那时隐隐约约地感到，只要这一幕还没有被揉皱、碾碎，文明与快乐就没有消亡。

到了中学，上学开始让我感到压抑，难以忍受，我总是寻求各种方法去淡忘这一点。虽然这是任何人都没有发现的。我开始喜欢上另一门英文补习课。没有人再批评我做得不够好了。我们的老师说英式英语，给我们听的录音是爱伦·坡的《泄密的心》和柯南·道尔的《巴斯克维尔猎犬》。我迷上了小说本身，意义分明的词开始毫无阻碍地流进我的耳朵。等到下课，夏昕偶尔会把她带来的衣服给我，让我帮她藏起来。她住校，她的母亲每周来接她回家，她不能让母亲看见她穿的那些过于时髦和暴露的衣服。她换上了平常中学生会穿的衬衣，擦掉脸上的妆。我把她的衣服塞进抽屉。我们并不是好朋友，但她比那些好学生更相信我、对我亲近，正如漫长的、已经遥远了的过去一样。

蛇莓和青草在雨水中膨胀，空中弥漫着妙不可言的芳香。雨停后，每一滴雨水坠落在地的响声都如巨大的钟声。你简直想给没有名字的石头、树木、道路起名字。过一阵子，风就会吹起桂花的气

咔嗒

味,桂树是学员们一起种下的,整整齐齐。这里没有什么是没有秩序的,如果站在高楼,或从航拍视角的高空看去,这座院子就因为整饬而仿佛扩大了好几倍,绿色和绿色挨在一起形成规则的几何形状,花朵的分布也很有规律。有一些绿色乔木一样的东西,是伪装起来的军事装备。一时间歌舞和文工团一起消失了。热衷显示有所作为的管理者将冬日布置得满是霓虹灯光。黑夜,整个校园散发出空洞而艳丽的、干扰众多动物的亮光,像机场跑道的灯光那样耀眼。门口的士兵正在换岗。他们似乎没有我记忆中那样高大、美丽、充满希望。我再也没有机会听到那神秘、广大而深远的弹匣"咔嗒"声。它似乎对我的耳朵失去了魔力,如同折叠立体书里一些愉快而扁平的人像。

针眼

　　我们死时带走情人和部落的富足，我们所尝的味道，我们所寄托的躯体。我们所掌握的智慧，我们所形成的性格，我们所隐藏的恐惧。

　　在我们的品味或经历中，我们并非被人占有，或实行一夫一妻制。我只渴求踏上一个没有地图的地球。

　　　　　　　　　　　　——迈克尔·翁达杰《英国病人》

　　这本来多湖多水的平原，因为没有雨和风，此时是灰色的，带一点蒸汽的白。她想起，这省份往东走，有繁密如鬃毛的草、梯田，只是偶尔见到散落的民居，干干净净，水塘透过荷花与白色夹竹桃，映出万物，古老的石桥好像还是百年前的证物。可惜城市里没有那样的景致，太阳的孤岛，太阳的统治，再次从黑暗的巢穴升起，

　　　　　　　　　　　　　　　　　　　　　　咔嗒

壮大，已经近于茂盛。昨日由昏冥转为光亮的过程，被他们迷茫乱离的梦境所切割。窗外能看见烘热苍莽的寥廓，高楼迭起，声气葱茏，但屋内的人暂时与那湿润平原毫无关系了，所居住的是另一种洞穴，另一种叠嶂包围的沉寂。

他翻了身，本能地畏惧这亮光，于是她起来将窗帘拉起，还带着一些诡异和惊惧。距离入睡，才不过三个多小时，天已经亮得透彻，云像是烧起来的棉绒，被随意地扯开，抛到空中，像水红绸布，那种很老的被面。她将不会在这里停留很久了，中国仍然昏暗的中间地带，历史的号手和暗探曾来过的地方，奥登来过，写了诗；在惨烈战役里被铭记又遗忘了的军官曾那么年轻，在这里婚宴；而未曾预见过幻灭的英烈们，在这里留下永久的花和血……它们被咀嚼得失去了本来颜色。又有什么能留下本来颜色？乌鸦往往不在这城市飞，多的是轻捷的蝙蝠、画眉、斑鸠，嘤嘤之声使它的民众忘却骤然而至的生之苦楚，在湿漉漉的江河边上，弥漫莲蓬香气的渔船里，密集交错的卑陋街巷中，打发了歌哭爱恨的日子。

他们恰恰又赶上最闷热的时候，雨迟迟不下来，或许她在心里祈祷过的有了效果，雨不要下来，为了他要到来。与其假想一种芳草萋萋的小洲，不如将那荒芜干旱的沙地之心，暴露给旅行的人看。她以为不该醒得太早，只是做一个梦吧，便继续侧身睡去，以为岩浆将会忽略她这块顽固的石头，不会将她烧毁。实际上，她已经近于黑色，是半黏稠的，不明白自身也即将成为另一种物质，做了无声时间的见证和保留。他缓慢地撬开她，用强烈的光撬开她的眼睛和牙齿,仿佛跪坐在海的边沿,翻起泥沙,但得到的并非意外而至的贝,实际上仍然是往日的化石,仿佛需要那搁浅的鲸鱼最先应和歌声而行动,潜入海中,用激起的海水,将累积其上的层层灰土扫除。

"你记错了,那刺青并非玫瑰,而是沙漠蜥蜴。在这种天气,这动物只能以一半的肢体落在沙漠上,不断改变身姿,以免被高温烧毁。正像是我的处境。""你知道种种'原始'民族,他们的绳结游戏,能够用精微图案表示自然的物种,既非具象的形体,又非抽象符号,实在是观念和形象的固定,是人与外物接触片刻的惊奇。"他却谈起昨日,过去的几个年份,漫长的青年期。再次到来的时候,她如赤身接触到冰冷空气那样,接触到他身体中的雪,忽然猛烈地发烫起来,似乎遗忘了叙事的序列、修辞的层次,时间也如凝固的膏体一般坠落,砌了无形的墙,将渐渐积累的风雨隔绝在他们的外面,而言语会使这墙体坍塌。

为了盛世的反复降临,她的城市加速改变着面貌,涂抹着旧有的痕迹,便将年岁在一个世纪以上的繁华和颓败,换作了闪亮整齐的泥灰。这城市的江边布满建筑的神奇形体:轮船一般的酒店,有佛寺般顺滑金顶的东南亚殖民地风格楼宇,花园、露台伸出巨兽的影子,拉毛的灰色墙面被装饰了不同的时代。"那栋房子以前是什么颜色呢?""以前是雪茄色的,黄昏里发微光,正午白昼便内敛含蓄。""那必定好看。"是啊,烟卷的色泽,没落的装饰,她的母亲曾用

咔嗒

第一次购买的相机记录下美洲高纬度的雪茄色楼群，她还从没到达原地真正见过，是一只不太合格的沙鸥。因为他这岛屿，她被迫做那所谓的波希米亚人，往远处去，什么眼泪也没用，索性笑着，热烈地吻。他会端详那些小物件，照片里镂空的花叶形勺子，或者她遗落在桌上的耳坠……她本来羞于谈到这些，害怕在他的眼中显得太小孩子了，反倒往往是他主动提起。

夏阳的威力太大，汗水不停地落下来，他放下了她的手，不再握在一起了。本来在街边，他们笑着对望，吞下各自要吞服的药丸，再走进昏暗的早点铺里，面对面坐着，眼光拉出了自然的分寸，但是一种新鲜的疲倦。吃早点的人也不多，他们两个正好不会太寂寞，也不会太厌倦。总之是难得见面了，总要有丢开手的那么一刻。她不时向门外瞥去，道路依然是那样窄，砖石不平，大概为了怕人在多雨的时候滑倒，故意设置了障碍，人都走得很慢，慢得出奇。她仿佛头一次打量这住了将近二十年的城市，依然熟悉又陌生，外面的街道是平平常常的，和他们一样平平常常。一百年前的联排住宅留出疏朗的空隙，门阶的马赛克瓷砖铺出小巧的藤蔓花纹，正和盛开的凌霄相称。这景观对他们而言也许太精致了。如今不像从前那样，常常见到有人在路上端着纸盒边走边吃，但偶尔还见到污水的痕迹，视线往上，会看到紫叶草、仙客来和栀子花。早在她十三四岁的时候，心便已被这些草木香花的阴影渐染得迷蒙微醺，不知是不是受了这种引诱，她从此失去了纯然的安宁，要去水上追逐不可完全掌握的音乐。他们各自吃着，交换彼此的食物，大概唯有这样琐细卑微的事情,最后长久留在她的记忆里,她唯一指望的就是不失去这记忆。这个钟点,一些人还没有起来活动,一些人已经坐进了格子间。

过了江,对面不远就到她的家,在另一条支流的边上,依然只有很弱的风吹动柳枝,她本来想告诉他:以前这里并不这样,是纯然的堤坝,土地,有人吹笛子,有人用粉笔、颜料画那些绝望而恬静的小画,有人种地,把一生埋在这里,他们不吝惜爱和死;你看那些民居,曾经被煤厂熏黑了,这些房子自半个世纪前就没有变过;傍晚船上的人下渔网,我便和父亲在一旁看着;如果再走远一点,就是据说伯牙和子期相遇的地方,那房子,屋顶好看,还是宋代样式,在这里常见的,和北京大不相同;湖里的莲花也像船那样密实,你会看见一个赤身的男人猛地扎下去,起来的时候,就是满把的莲蓬,最后都放在麻袋里,鼓鼓囊囊的,那样的人,什么也不害怕……

然而她并没有说到这些,热的气流把她沉默的言辞带走。他点起了烟,烟又消散到江面上去,远处是张之洞年代便开始修建的那条铁轨线路,货车移过去,而眼前货船拉了煤,在不宽的江面上行驶,巨大的浮出水面的黑色鲸鱼,移动却那么均匀,那么从容,它们并不在乎岸边无端观看的人。

这黑色的移动的煤,惊动她的神经。她又一次睁开了眼睛,就像她闭上眼睛时那样,盈盈跳跃的火光,无穷无尽地从所有罅隙中迸发出来。夜晚,在她落入岩穴的时刻,呼吸困难、晕厥,像是那次疾病发作——上帝,请你原谅,我没有遵守承诺,有些不小心了,有些……即使是这样小、这样简单的道理,我总要自己清算的,无非是短暂的皮囊,露水的微辛。总有一些劳作,不会换来面包、爱情,但那是大于它们的东西,大于它们的总和……我不再疑惑和拒绝这无法选择的生命,以及加在上面的痛苦,没有一种光明不包含在痛苦又劳动着的手里。原谅我片刻的怠惰。原谅我曾对他说,"我不想和你分离"。

在江上升起的火光里,她看见不过是先前,早上五六点钟,帷幕是她自己拉上的,但是不知怎么又睡着了,隐约听到还有人叫她从戏台下去,她有些不舍得。"好电影的好处,就是场景里那些地方,让你觉得好像去过。"他们与城市的联系是这些移动的景片。文词、建筑、戏院、二十世纪某个外国会团的奇异标志。她以为他一无所知,但转头便发现,他已经坐在沙丘上,手放在她的腿上,看着她,眼中忽然变得暗淡,灰烬从牢门中落下,飘落在她的下巴、肩头、全身。好比他看着一样即将与他失去联系的事物,她感到他也许将自己放进了一个小小的盒子里,她暗中希望,千万要如此。那一部分的她不必再思考、焦虑、计算和前进。只有剩下的另外一个人,将代替原来的她起身,走到太阳的国土、道路的尽头里去。

在那座同时仿照南洋寺庙和哥特教堂的佛寺里,精致的布幔垂下来,比丘尼们列成两行,念起经文,木鱼和磬敲打起来了,清凉的水流拂过人群,他们都没有这种心安理得的好运——此时她觉得可以掩盖住心的原声,于是平静地说起以前做过的梦,像说一桩不关乎己的事情:"我去了你住的地方,有太多的你的衣服堆积起来,我便拿去洗了,叠了起来,却觉得难过。"——梦里难过,还是现实中难过?她临时修改了答案,只说是梦里。这样的问答,好像是文学者的本能,本不必要问的,因为词太渺小了,虽然可以改变身体的经络孔隙,却无法撼动世事推移,正如爱啊,"如此渺小,以至于可以穿过针眼"。针被执在某只看不见的手中,但微茫的血,确乎渗出我们的皮肤,渗出我们写在水上的字迹。原谅那只发汗的迷羊,她将常常记得那舌头里的尖针,如爱人黑发中细小的银线——是这样,这就是我来到这里的意义。

咔嗒

春风沉醉的晚上

在这趟高铁上，她看着窗外越来越熟悉的平原和笼罩着灰蓝云层的湿润田野，心里也阴燃着不起眼但提供了养料的火焰。有时候她感到自己什么也没有，但这并不能构成什么阻碍。她或许不喜欢住在南方本身，但是从北入南的高铁旅程总是使人愉悦。可看的东西越来越多，是她小时候熟悉的地貌和植被。临近上海，能见到不少河水湖泊，阳澄湖像永远无法感到疲倦的眼睛，只有变幻的云天的内容，温柔的乳白色光线从湖泊上散射开来。这个旅行机会，还是她费了一番力气得来的，差一点没抢到票。她知道他不想让她专门跑一趟。他只是短时间出差而已。他说："如果你还有朋友要见，那就过来顺便玩一玩。"可是，在一起度过完整一天的机会太少，她还是来了。

她又理了理座位上东西不多的行李。只是去两三天而已，带了常用的黑色背包加一个单肩包，这一堆东西裹挟着这小小的人，像冠军颁奖时的手捧花那样挨挨挤挤的，不知道簇拥着什么热烈的东西。

下了火车坐上出租，五月初天气不热，但是出了太阳，以前每次来上海玩或者出差，每次走这段让人印象深刻的延安高架，大都是阴天。但是这天有太阳，照在车里热烘烘的，她不得不敞开了外套，解开了衬衫的头两颗扣子，拿出手机当镜子，看看汗水把薄薄粉底洇开了多少。还好。司机是本地爷叔，头发乱糟糟，戴着银丝边眼镜，口音很明显。他跟她说了点有的没的，说今天天气很好。她也这么觉得。司机透过后视镜打量她，她恰好望了过去，可能目光有些锐利，但并不是反感的。他立刻把眼光撤开，继续看路。她打开手机地图看，还有二十五分钟到目的地的宾馆。只是从这宝贵一天里扣掉半小时而已，还来得及。

这间宾馆，她来出差或游玩时住过许多次。她把暂时不穿的衣服挂进衣柜，洗了洗房间里的水壶。虽然每次他都会买矿泉水，但她还是习惯性地烧了水，等水放凉。她把另一双拖鞋拆开放在地上。此外就没什么事了。然后下楼买几颗山竹和菠萝蜜带上来吃。

他进来，之前被迫喝过不少酒，她假装责怪地问他。终于见面了。每次他都无法掩盖高兴的心绪。她担心自己脖子上全是汗有些不干净，可他却说这是好的。这或许是一个古老的圈套。像是工作一样，为什么会有这么多无法改变的失衡？如果她不工作，她便没有社会交往，也不会得到尊重，更结交不到朋友与同行。如果她继续工作，或许也就没有太多时间读书和写作，更缺乏时间与人交际，遑论去长途旅行——因为"新冠"后的隔离政策，一切出门都不

咔嗒

容易了。但是她得钻到这个圈套里去，为了活着。

　　和他来往，也是这样。不同他见面，便会失去他最好的一切。同他见面，便为想念而折磨。上个冬天大雪的一晚，已经是深夜十点多钟，他坐车来她楼下同她碰面散步。干燥的大片白雪落在他们之间，在他们柔软的嘴唇上温热融化，如纯洁无瑕的酒浆。有什么可以来交换呢？

　　看多了故事和电影的当代人，明白大概没有什么事物不会随着漫长却愈发贫瘠的生命而朽坏，可是，每一次交谈或见面还是真实与刺痛的。不像往常那样，这一次，她身上和面孔的红晕迟迟没有褪去，如同无法掩饰的弱点。两人像是要商谈什么似的一起坐在局促的小茶几旁，等待呼吸的宁静与轻松。他仿佛什么都明白了，微微点头，说了一句没有上下文的"嗯"，带着安慰和肯定。汗水这才全部落了下来，吸收在衣服里。

　　他们就带着这样的汗水走到街上。她早早预订了这家最喜欢的本地餐馆，店里的老伙计热情地迎接每个客人，并称赞她的预定"完全正确"。有什么完全正确的事吗？她多想一想，就自己发笑。店内空间不算大，是两室一厅的底楼民居改成的餐厅，过节的时候生意格外火爆，他们只好选了一张圆桌坐，好在暂时没其他人来拼桌。店伙计站着，一刻也坐不下来地招呼客人，有时不得不指挥相距遥远的客人就座或等待，因此练就了洪壮迢遥的嗓音，能够贯穿整个洞穴般的厅堂。两人坐在这里，像是乡下的那种酒席，桌子上是一层塑料布。傍晚的餐厅那么热闹，那么昏暗，橙黄色的灯光是上世纪遗留的好传统。他们喝了一杯又一杯酒，在一起的时候，酒总是怎么也喝不完。她很高兴的是没有人用奇异的目光审视他们，在这里，从来都没有。

外面都是梧桐毛毛乱飞，容易进眼睛，制造出沙沙的泪滴。天还没黑下去，因此他们走在一起还是相隔了一点距离。一年也没有几次可以从容散步。他们去复兴公园，去茅盾小说的人物中间做二十分钟的梦。公园并不大，比北京少了些人造气息，只是简单的水泥路和高大的梧桐，他们坐在长椅上，轻轻地叹息。想到家乡异常茂密的阔大树林早已丧失，旧日局限但时时刻刻盼着"逃离"之乐的生活一去不返，她唯一能握住的只有"现在"。未来是什么？只是新奇之物不断减少的匣子。

风越来越凉了。他们决定去外白渡桥，到苏州河的对岸去。去了后却感到有些后悔。街上人山人海，人们都走得很慢。本来在凉风下有些瑟瑟发抖，但上了桥，被人群包围，反而暖和了几分。她见到一个坐在轮椅上的年纪不大的残疾人，被家人推着出来散心。那人越来越近，她就拉了拉他的手，提醒他把路稍稍让开。和他在一起，她愿意走在任何事物后面，越慢越好。他们远远看见黑魆魆的水面上停着一两只鸟，远看是静止的。他提醒她看了一会儿，却发现那小鸟在动，像小小的白帆，隔离于浩茫的人群。黑暗里还有这么多无人知晓的生命，呼吸、皱缩、伸展和飞行。他们自己的羽毛却只能隐身于黑魆魆水面很短的时间。

他们掉头往回走，天完全黑了。他便把她的手牵起来，同时称赞回到了宁静的区域。又选了一家喝酒。酒馆里的位子都占满了，就索性坐在外面，像是无忧无虑的人。充当桌子的是一把黑黑的不锈钢椅子，所有物件景象都是临时，因为临时而显得随意，平凡而长久。路边西装革履、和店主攀谈的供货商模样的中年男子，穿着精致的遛狗的人，穿拖鞋骑摩托的西洋情侣，飘落在路边的香樟叶子，还有路边不断有人扔空酒瓶却显得整整齐齐的泡沫箱子。这些景象本来平时无法引起她心中的触动，但暂时都让她觉得有了联系。它们是可爱可亲的，是春风沉醉的晚上。她想，这和北京是颠倒的天地。他又说，如果总是这样春风沉醉，又怎么会有真正的文艺呢？

她想探出头去淋雨，从头顶到脚底地投身于渺茫而唯一的事业，如他们都热爱的那部电影里的王佳芝一般。她还想像萧红那样，去商市街吃丸子汤，让他称她为"大口袋"。

她望了望他，再熟悉不过的面孔，但见不到的时候，又如记忆中的烛焰，有不固定的形状。无法固定的形象。有时她还没来得及起来，他会坐在床边，坐在她身旁，穿戴整齐地看着她，同时握住她的手。他的眼睛会有一些微微地发肿。有时他刚洗过脸，脸上和两鬓还带着细细的水珠。就那么几秒钟的看，他说，他要去抽烟。可她非常喜欢这片刻，让她想起小时候她生病，有家人来看望、照顾她的样子。除了他这一个人，再也没有人这么望着她了。她不明白，人为什么要相互争夺和攻击，而不是容让和怜悯。还有的时候，是冬天晚上，天气冷，她回到自己床上睡觉，而他就因为怕她冷，过来钻进被子，把床铺暖热再离开。每次他做这些不需要思考的事，都进一步碾碎她的心。以前从未有，以后也不会再有。她想，一定会找到一个办法，和这一切牢固联系永不失去。

暂时还没找到办法，但这不要紧。他要坐飞机先回去。或许无数人——不同时代的少数人加起来——都是像她还有他们这样生活的吧：抓取很少的意义。早上她拉开窗帘，外面是杉树和香樟的翠绿屏障。她真正生病的时候，呕吐得厉害，喘不过气来，凌晨没有办法，一个个打电话找人帮忙，那是两年前的事。现在看起来，一切都离那个无可依靠的时刻很远了——至少是暂时很远了。她要做一个高贵的人，不为这些狭小的悲欢而哭泣。这是多么不可多得的许诺，这是怎样让人一刻也不想浪费的春天。

咔嚓

拣尽寒枝

风刮着我的眼睛，我很久没再看见仅仅是过去了几年却像是上个世纪的那些图像了。大部分教室是不够明亮的，但第一教学楼黄子平师上当代文学史课的那间不是。那是整个一教少有的大教室，散发浅浅的明黄色，像半透明的水杯，把我们的脸浸泡得发白。座位狭窄拥挤，阶梯一级一级地升上去，我们喜欢或不喜欢的人，就无数次从那上面走下来。那时我们总要占座，大部分时候我会努力坐在第一排，这只是因为，人过分多的时候，也许坐在前面我才不感到焦虑。

我记得当时 H 师讲文学理论，也在大教室，他也请过一位师姐来讲了一课，课上她问我们，有谁认为自己是女性主义者。举手的人不多。我并没有举手，因为心里不喜欢那标签。可是我还是忍不住，回头看了一眼坐得很远的 F——那时全年级上课虽然有一百多人，可大家还是知道每个同学大致坐在哪里——恰好发现她也看了一下我。那个细微的时刻，内心震动。许多言辞和理论我都已经忘记,可这样的瞬间却无限漫长深远。我所知道的大学,似乎就是由这些微不足道的瞬间组成的。

有一阵子,我快要忘记了爱是什么,却在某一天忽然又想起了它,那是在我像往常一样路过31楼银杏树底下的时候。对,正是秋季,31楼还在,发出老房子水泥地面干燥的灰尘气,一间间阴暗、逼仄的宿舍被孤立与幻想、垃圾、食物和腐烂、传说和噩梦填满,日复一日往返于开水房和宿舍之间的开水壶被我们拎在手里。我又看见了S师兄和X师姐,他们是常常一起去图书馆的一对,在我们心中两个人都安静、平和又独立,那还是大家会用人人网彼此认识的时代,文章的往来、观点的沟通似乎都相对容易,一个系甚至一个学校的人都会相互认识。那一天,我看见X捂住嘴巴快要哭起来,而S掉头离去。后来我得知他们继续在一起,直到分开。但是大概是在X哭的时刻,我忽然回想起爱是什么样子的。

很久不回去,宁可忘记那学校的存在。直到有短暂交往的朋友带我去看它。在那位几乎陌生的校友面前,我心里的记忆土层松动了,一些奇特的空气从土中升起。某个晚上,我终于回到学校,他带我走近那黑暗,费力拨开一教外面的草叶、藤蔓,打开手机灯光,指给我看碎石墙面上黑色粗体手写的大字,那文字极为漫漶,只能辨认大约是"文革"时期的句子。冷冽的天鹅座发出遥远光线照耀我们微不足道的生命,整个学校陷入大面积的施工,风卷起图书馆前弥漫的尘土,仿佛庆祝我们和旧我的渐渐分离,那过程漫长、乏味而痛苦。

我曾一次次走进图书馆的过刊阅览室，像走进爱伦·坡的《泄密的心》，某种来自内部的巨大声响挤压着我的表达。我在一些讲述秘密社会或民间歌谣的小册子中打发掉最后一段本应埋头学习却无所事事的日子。我记住了很多人的脸，我们无数次地在图书馆里见到对方，但是大多数人从未认识，从未有机会说过一个字。这就是学校。我会害怕我接连在好几个夜晚捧起的那部厚厚的《十九世纪欧洲艺术史》会被人拿去阅读。然而同时，我知道我的某一部分也在期待着，无比地期待着它被人拿去、被带离我熟悉的桌子、被打断、被遗忘，就像我渴望忘记自己那样。

　　平日里都非常平庸，但是下雪永远会让静园变得奇异，只有极少数这样的时刻，一夜醒来，我们发现世界短暂地连成一片，四处都积累了厚厚的雪。有一年冬天就是这样，早晨天色虽然不晴朗，但非常透明，依然在不知疲倦地飘雪，每一片都那么干燥、结实，整齐宁静地落在事物的表面。看起来仿佛全校的学生都没有选择上课那样，短时间内学校里挤满了人，大家都拿出相机。雪可以触摸，可以品尝，尽管它并非是为此而生的，这几乎是我们生活中已经绝迹的品质，那种强大的、感性的、毫无目的性的真实。我仍然怀念着那个年头，因为这样朴素而罕有的奇迹，我们可以和某个并不相熟的同学说起话来，可以和他们一起度过我们不再度过的一分钟。我在雪里躺了一会儿，我把它放在舌头上（甚至，我可以这样使用它——雪这个词，多么令人惊奇）。

　　夏天可能会折磨得更多一些，因为天气那样好，但是却常常没办法出门。夏天的镜头是,莫名其妙地在未名湖游了泳,从湖水里起来,上到岸边,披上衣服。摇摇晃晃地,柳条把天空切割成笼子,夜晚的黑暗一点点顺着柳叶渗漏进我迷茫打湿的视线,我偶尔也一个人拿了酒在岸边喝。有一次我突然哭起来,有一个陌生的人走过来安慰我,可我告诉他:你不明白,你不知道我不是为了什么感情,却是为了一些太好的诗而哭的。那天,我正在为读到一位前辈写的诗而嫉妒,我嫉妒他已经去过了我想要去的小路。不过他后来不再那么写了。

我们就是这样莫名其妙地度过一天又一天,不知道为什么继续做着这些,害怕我们所做的一切都不再有意义。可是我们终究度过了。有时候觉得不再能坚持下去,可也有的时候,一切又似乎好了起来,零星开起来的白花,散发好闻气味,镇定着我们内心一遍又一遍被意义折磨过的地方。虽然每天还是那样单调,没有希望,写不出好文章来,可是某个时刻起,我们知道心中的胜负已经不在此处了。我跳进所有死角,翻开所有被最高频率使用的字眼,想发现一个秘密、一个线索,但是没有。我渴望着离开这里,偷偷跑到没人的地方,把一本我们即将讨论但我怎么也不喜欢的书烧掉,像一个小小的抗议仪式。那是我唯一一次烧掉一本书。在火焰和灰烬中,灰色的地砖、天空、校园、北平,都渐次熄灭。我沿着校外的路跑了很久,进入一个看起来滞后二十多年的小区又退回来,直到精疲力竭。我们曾经翻墙进入圆明园的地方,现在已经不再能翻过去了,那黑夜的圆明园的福海闪烁凛冽的反光。我也觊觎着,我记忆

咔嚓

里不再清晰的部分——那些书店,散落在学校四周,我喜欢待在里面,为了不待在学校里但又得到安静。

所以回去的时候,我还特意去了鸣鹤园,那亭子当时尚未被粉饰一新,油漆早已剥落,亭柱褪为粉红,以前有些夏天我会在那里待一会儿,直到水边的蚊子令我无法忍耐。有时,当我望着那黑暗的湖面,不知道这一切有什么意义的时候,心里却再次浮现起沈从文信中回忆旧年场景的句子来:"大家都在赌博放烟火,我只一个人在一个小小木房子中用一盏美孚灯读书,远远地听到舞狮子龙灯的锣鼓喧闹声,如同梦里一样。一种完全单独的存在。看的书似乎是《汉魏丛书》中谈风俗的。半夜后,锣鼓声都远了,大致是下面军官们在吃东西,或者偶然想起我可能还在看书,派个小护兵送了些年糕和寸金糖来……"我总觉得,这些字好像还是活字印刷时代的铅字字模,我可以摸摸索索把它们找来,就像一个健忘失明的人在家中找到一个杯子一支牙刷那样熟悉。

寒枝雀静

这款啤酒很有功效，入口先是轻佻后是肃杀，她喝了一大口，周遭越来越安静，音乐在血液里轰响，外面的声音反而听不清。Franz Ferdinand[①]、海顿，等下是沙维尔库加。原本和同伴小杜很愉快地讲话，她突然缄口。每每这个时候，她就忘记讲话，完全变了一个人，再热闹的场合也没有用。小杜说，那头鹿就在他面前倒下，让他很有些惊骇。深夜的天空却变得白茫茫。她不免想到小时候看过的一些电影，有些低俗的惊悚情节，都和高速路有关系。她喜欢那种老电影画面的粗粝毛糙，显得比真实可爱许多。

上周，几个朋友纷纷同她聊天，她什么也不愿多说，特别是在网上。于是显得冷淡，恐怕还得罪了人。一定有人比她更了解这个世代，她想。虽然她身处其中，这么年轻，又看似是拥有这么一双看世界的眼睛。

---

① 法兰兹·费迪南，苏格兰男子摇滚乐队。

有时她闭上眼睛,不要再看。水的微热腥气升入鼻腔,她仿佛和石块边的水藻一起旋转起来。南部高原猛厉的阳光,令她闭上眼睛。旅行的意义是一句废话,因为旅行是人生的意义,她想。不在旅行的每一天里,她都仍然想着那些地方,说浮光掠影也对,不过其他的日子那样扁平,怎么会这样令她反复回想呢?

到了二十五岁以上的年纪,她开始感到体力的消耗,虽然心并不餍足,但是身体的困倦和激素的作用,使她变得嗜睡起来。十三四岁的时候,她天天不愿意睡觉,只想看个够,哪怕是完全同样的居住地,同样的院子,她怎么也不会厌烦。春夏秋冬,蝉鸣与枭,苏式建筑和雪。十六岁的一天早晨下楼,第一次看到父亲和一个农民打扮的人很熟络地聊天,她一开始还很纳闷,后来才知道,那是"文革"时做了花农的数学教授,三十年后仍然打扮如花农一般,穿着艳丽高筒袜、短裤,叉着腰静静抽烟。那天,她忽然有一点感到时间与人心的辽阔,而且这辽阔并不在于行万里路,而在于回忆,那无限隐而不现的褶皱。回忆是比我们都要更大、更漫长也更年轻的东西,她想。

她静静地听着,空气和空气的摩挲,灯影与人声的纠缠。斜对面一桌,两个女人,说不清什么关系,模样有些像,年纪好像又相差不超过十五岁,但是明明有差距,或许是表姐妹?两个都很漂亮,长头发,不言不语,自顾自看手机,只是很偶尔地互相讲话,似乎是完全熟悉的人。后来又来了一个年轻男人,五官颇好看,只是不太有表情,显得局促不安。他坐在两位美人旁边,大家互相自我介绍,但他不太爱讲话，只是自己抽烟，好像紧张，或者心不在焉，也很少有笑意。她看了很久很久，只是想弄清楚事情的发展，或者时间流逝且毫无发展的过程。她再也不会这样年轻了，她很好奇，人们常常就这样坐着，什么也不说，让每分每秒流逝吗？

在课间，丹麦本地的同学竟然带来了杏仁奶油蛋糕，分给每个人。她觉得，如果说这是她吃过最好吃的蛋糕之一，会显得很没有见过世面。她吃下去，分量不多不少，丝绸一般的淡黄色奶油在舌尖融化。她感到心慌，幸福，没来由地紧张。整个世界都很眩晕，高纬度特有的清澈光线散射出桦树皮的颜色，透过窗子打在他们身上。肯今天坐到她旁边。肯是物理系的学生，美国人。听他介绍自己，她暗暗感叹，像在心里一跺脚。他确实是罕见的漂亮：亚麻色短发，罗马鼻子，眼睛像科特·柯本但比他更柔和，嘴角总是洋溢笑容。她跟肯谈了一些似是而非的哲学命题，肯说："是的，我也喜欢庄子。"她问自己：你喜欢和肯讲话吗？你们还会继续讲话吗？其实，没有来得及回答这些神出鬼没的疑问，她就匆匆收拾书包：那恰好是结课的一天，她要去机场迎接朋友，和他一起去更远的地方，去所谓"真正的"欧洲。

肯的名字也是她后来为了回忆而不得不安上的。她早就忘记了肯的名字，怎么也想不起来。就好像你知道自己忘了什么东西，却已经忘记了它到底是什么。这是一种会折磨你的感受，切忌深入其中。那么漂亮，你怎么又会不记得了呢？他们所有人在海边，围坐在一起，三三两两地烤火，继续着课上莫名其妙的话题，面朝着对

咔嚓

岸的另一个国度，面对着衔接起这个国度的，淡粉色和紫罗兰色、泛着牡蛎壳光泽的天空。他们深深爱着那气温渐渐变凉后，不可避免的一阵寒战。

她甩甩头，忽然感到自己笑出了声，好在没有人在意这些幼稚傻气的举动。每一个倒退回去的过程，都是那么怪诞而不能被理解。她很想责怪她自己。因为，在每一时刻，就像很多其他人那样，她更容易想到占有和延续，而非许多日子以后的失落和遗憾。如果可以多想想后者，她大概会问出更好的问题，给出更好的答案，采取更正确的行动吧。那头鹿一动不动了，小杜说。虽然那鹿鼻孔张合，似乎还有生气，他霎时间不知该怎样做，救助不了任何生命。他就站在一旁，默默等救援到来。万籁俱寂，她却似乎听到鹿的遥远喘息，惊心动魄。

她责怪自己，也是因为她忘记对小金说"同你在一起，是最好的"吧？已是四年过去。最初小金认识她，带她去他的实验室，给她讲解一大堆她根本不懂的仪器和原理，讲得还算清楚。小金从不会对她发脾气，只是为她讲述快乐的事。后来，最终快要毕业的季节，小金已经出国一年，她坐在湖边，重重柳条的杂乱影子时时被风划破，她一边看乱影一边跟小杜感叹了两句——她很少感叹——说，如果早点懂事一些，看明白一些世事，便不会就这样告别了小金。她恍然大悟，似乎为时已晚。她自认为做了一些错事，即使不屑一提，却在湖边变得清晰。

她又想起有次和小金看电影，那是一部当时很受追捧的科幻电影,她明白,他会为她讲解她有疑惑的一切关节。K也好,肯也好,那些通俗化了的讲解根本就是哄骗,一个硬币的两面永远是不会同时出现的。她也明白,她不会真正像理科生那样认识和理解一切事物,她只是需要那些巨大而不掺杂人性的力量来为她理顺这缠结的网。小金却不会因此而蔑视她——不像许多文科生,以为另一种学科的人不了解诺贝尔文学奖得主的作品便是鄙陋。她感叹起来,那样太骄傲也太可笑了,而为什么会有一些知识,譬如小金所熟悉的知识,让人越来越无法自我中心、无法陷入悲观?

那天晚上,她说完了这一切,就在湖边,非常安心地坐着,仿佛承受一些耻辱和诱惑。等待夏夜过去一半,到十二点便回宿舍去。她很自然地忘记了有关小金的念头,毕竟也是两年未曾见过的人。直到前几天下雪,她梦到了小金,还有他家所在的那座山,柑橘和玉兰的香气飘荡其间。虽然她从没有去过,但是醒来后想想,那是她小时候见过的所有南方丘陵的总和,是一个美的原型。

咔嗒

夜记

　　如果不是这样漫无目的地出神，你不会注意到高楼上的航空障碍灯所改变的微小景观。两颗橘红色圆点缓慢地亮起，熄灭，如此往复。黑暗时，最高处的标志牌也是暗淡的，而在那两只小灯亮起的片刻，标牌大字也随之微微亮起。如果不是因为只有在亮灯时读出了其中复杂的字，你几乎看不出这亮度的区别。

　　八点多钟开始，四元西桥变得空空荡荡，汽车也只是偶尔开过。自行车道是开阔的。随着平缓上升的桥面来到最高点，夜色会直接涌入你胸口。远处的天空颜色不断深下去。头顶的夜空是墨蓝色，而大团云朵是发白的，但在西边，云朵仍然是蓝黑色，天空则仍然泛着鱼肚色。只有完全晴朗的北方夜晚，天空颜色才会有如此明显的分层。夏季的云团如此稀疏地布满各个不同的高度，最下面的仿佛低至建筑顶端，是厚重而不透气的。而更高处的只是浅浅的几道纱绸。你不知道该如何描述太阳映射在云朵——云朵腹部下面的珊瑚红。俗气而恒久的金箔。像是一道反光的河流与两侧纹理斑驳的堤岸、沙洲,那河流仍在极慢地移动。但这光景并不很久,不出十几分钟,火塘与火星会完全熄灭,将布景变为不同深浅的蓝灰色影痕。

就是在这样的天气与光线中,你闲荡去更稀疏的地方。你觉得来到桥上的最大意义是从最高点向下的这段路,什么也不需要做,只是等待这坡度平息。许多高楼是黑暗或半黑暗的,但它们底部的小商店和饭馆还亮着。阔大笔直的马路带你穿过周围无法解释的绿地——它们散发白天所没有的渗透肺腑的凉气。桥上几乎没什么人,一两个骑着电动车的中年女人驮着大小包裹回到她们的住处。她们比你更习惯这边无际的黑暗。

望京的街道是十分疏离的。这里有美术生、摩托车手和曾经的赛车手。空画框不断重复自己。无人回答的艺术与躁动不安。还有些似乎有意模仿霍珀画作的咖啡馆,一幅故作粗粝却十分精致的挂毯画。酒馆睁着疲倦慵懒的眼睛而顾客寥寥。空旷的大路旁边,那些危险放肆的下坡和拐角被停在路边的客车隔离,像从零星民居和商场中升起的低矮阁楼、半圆形玄关。不时能闻到街边腐烂叶子的气味,是一种原始而不属于现代都市的味道。骑着折叠电动车的代驾司机往往是往三环的方向前进,他们从容不迫超乎你的想象。几百名外卖骑手穿着荧光熠熠的冲锋衣在夜色中减速、聚集、停止,包围起冷饮批发店并依次散去,大地幽暗核心不断抛出的电弧。他们头顶耀眼的亮绿色灯牌闪烁不止,映出硕大的汽车修理和改装店,以及它门口一桌桌喝啤酒的基斯·哈林小人。透明的帐篷

咔嗒

拔地而起，被一串串小灯照得过于明亮，如裂变的孤独真菌。音乐并不熄灭，放克、迷幻电子和爵士。

你拐弯走上京密路，所有的车都向你开来，但没有一个行人走在这路上。天际线变得越来越完整，不会被打断。你想那些云还在剧烈地变幻，只是你已经不能观测这些细微的移动。头顶巨大而冰冷的藏青色帘幕仿佛随时会收紧，甚至抛掷雨水、冰雹或《圣经》里的十灾。你读出远处唯一可辨认的玫红色霓虹标牌。你又读了一遍，想回忆起熟悉的感觉，但几乎回忆不起来。一切变得陌生，你像是从不是人类城市的地方刚刚踏入这个空间，直到拐弯离开这条没有尽头的路。路边的白杨也朝你俯身而来，背后是完全空无一物的草地，等待着建起什么，只有一两个工人坐在这空地边缘打电话。你仍然回到那些彼此排斥的公园、河道、绿地、美术馆之间，它们彼此排斥、分离又彼此聚合。尝试摩托的青年发出的古怪嗡鸣仍然响动在你的耳朵里。在又一次长长的下坡路上，你想到周围那些黑黝黝窗口后面的人们也和你一样居住在这场越来越深的凉风中。风离开软绵绵的公寓，把费力凸起的坚硬桥梁描摹了一遍又一遍。在所有没有意义的句子里，标点仍然是有意义的。

春节

在汉口的街上漫游,四处是温和潮湿的风,粉白色的光,颜色与颜色仿佛粘黏在一起,树荫下人行小路很幽静,能听到鞋跟的碟碟响声,轻缓散漫。如果去中山大道,因为过春节的缘故,你会看到许多摆摊的人,卖各种小玩意儿:剪纸、刺绣、面人糖人、手工钱包。其实并不能谈得上精致, 但是摊主仍然在制作这些费心思而且已经不合实用的小东西,就已经让人感叹,甚至敬佩了。街边很多女孩子在吃搅搅糖,琥珀色亮晶晶的一团。

这个城市里,许多房子低于马路路面,一个小小的斜坡下去,就看到居民楼一幢幢排列开来。有一家是去过多次的旧书店了,书多得要溢出门口,仿佛老板从来不加收捡。门前有一张很旧的皮沙发,再就是一只白色猫咪兜来转去。房屋萦绕霉味,一是南方低地本来就有的气味,二是书带来的味。这标志着我的故乡的气味,非常温柔,绝不会让你感到有一瞬间的好恶。在这里我买得很少,因为真有价值的书并不多,但是每次回武汉必定要在这里翻翻。许多二三十年前的书,方志、图表,可以从中窥见一点当时的趣味。

这一次我去的时候,老板并没有和朋友谈到萨特,也没有和女人一边大声聊天一边端着碗吃饭。他正在和一位不说武汉话但带有湖北口音的客人谈话。

老板说:"你不觉得这些都很无聊吗?我现在根本不想和这些人讲话。思维太落后。""这些书就是骗人的,是欺骗。你这些书早就没有人看了,我脱不了手,顶多给你十块八块。"

客人本来还在大大地议论抒情,谈到他过去改造社会的志愿,不过最后还是变得平和多了:"好吧,你说得有道理。看来都是虚空的。"

这样低于马路的房子,我梦到过很多次。武汉有很多小小的路口,可以通向这样幽深的所在。尽管不起眼,却可以让人在局限的生活里,呼吸一些新鲜的空气。从这家书店出来,照例是无尽的相似的路,许多人家种着娇艳的茶花,而街边路灯下有许多羽衣甘蓝,阴影非常的浓酽。一块牌子写着红字:宁肯食无肉,不可饮无茶。十几岁时,我也喜欢一个人走这条路,曾看到一个很纤瘦的黑衣女人走在前面,戴耳机听音乐,一面抽烟,一面手舞足蹈。这个背影在我印象里非常深刻,以至于我误以为,我的故乡有很多女人都是这样子的:瘦削而且皮肤略微发黄,沉浸在她们孤身一人的喜悦中。

放晴的一天,来到汉江边上常常散步的地方。去汉江要穿过一条路,路边有几家店卖手撕面包,还有麻花。味道那样的好,在北京是不会遇到的……二十年来,这里的居民没有改变、也不需要改变他们的生活格局。虽然不算宽裕,也总是显得非常的安宁。在卖米面鸡蛋、布匹成衣或者炸物糕点的小店铺里,他们打盹儿、闲谈,每当夕阳落下来,金黄色光就落在他们身上,也微微照进宽大而略显灰茫的镜子里,反射出最难得的灰白色光线。

来到堤边,我发现野草夹道的泥路早已替换成了水泥路面。也许是因为过年,人和狗都变得很少。我却非常怀念原来的样子,那时,柳树下总有人吹笛子,路边的墙面有人画了画,很像是对敦煌壁画的拙劣模仿,夹杂着有如疯人写下的文字。

现在,冬天的河水变浅,大部分船只都停止不动。我们一直走到一座铁路桥下,绿皮火车间或从桥上驶过。正是下午四五点的光线,就算是坐着看这些火车,也是很好的事情。然而要是怀念这堤岸的旧面貌,不妨看看对岸,那是截然不同的景象,非常的完整、舒展,有一块天空甚至完全没有高楼的抵挡与刺戳,是几座斜顶屋子,四周是葱碧如浮的柳杉和香樟,微微摇动时甚至能听见飒沓风声。

对岸还有归元寺,虽然不是惯例,却喜欢年年去一次。唯独能在这里完成的春节项目就是在罗汉堂数罗汉。各人选到了罗汉,就要查对卡片,看一看新年的运气如何。五百罗汉的面目是不会看厌的,我总要挑选一个很喜欢的开始计数。一些年纪很大的人数罗汉,也仍然是非常地当真和认真,怕走错了方向,记错了数目,但反而可以说真是非功利的态度。

　　在学校宿舍里空想这些刚刚告别的景象，而想要获得满足，是绝不可能的了。不如在微黄色的灯光下，暂时清理了过于拥挤的桌面，读一读古人的话，或者临一幅字。这时才觉得世界依然是完整的：让人想起小时候的庭院，饭菜的气味飘动起来，而长辈简单的叮嘱将要落实为自己初学的一笔一画；这时，才能稍稍地感到一点安慰。

Ⅱ

别

处

休息，在伊斯坦布尔

真正的假期总是从室内开始的。我放弃了工作，努力克制着思考有关未来、志业、如何不虚度一生之类问题的焦虑。身处异国最让人沉浸的，永远是那种貌似陌生，实际上却引发你熟悉感的气味，以及那种不被任何人认识，而且因为语言不通而得以屏蔽众多人类信息的置身事外感，而不是新鲜的风景。我所住的是一座典型的、有着窄窄外立面的传统土耳其木造屋，和苏莱曼清真寺隔着步行三分钟的距离。这座木屋被漆成纯白色，正如附近所有的木屋都漆着各不相同的颜色。酒店老板每天用水管喷洒屋外的地面然后打扫，让我想起在喀什老城看到许多人也这么做。每天有流浪猫来，似乎有一两只是"常住居民"，得到了酒店老板和员工的庇护与宠溺，时常躺在旋转楼梯那磨旧的酥软地毯上。其他一些猫咪比较警惕，每天早上讨食吃的时候，总在提防老板突然端着一盘盘西瓜或几杯红茶从客厅里出来，走到露台上的一桌桌客人之间，尽管他并不会赶走它们。我有时扔一些食物碎粒给它们吃。有的猫只吃香肠,不吃奶酪、薯条;有的猫从不挑剔,奶酪、薯条全吃。这区分了它们的受宠程度。还有一些猫比较谨慎,只是远远地在更高的阳台上观望我和其他客人。

酒店房间窄小但很干净,纯白的网格毛巾被总是散发衣物洗涤后的芳香剂气味。似乎一周内,我都完全被笼罩在这气味里,它和室外的烈日、炎热形成对比,提供了足够的荫翳与遮蔽。傍晚回来,只要打开空调,小房间就很快凉快下来。接着洗澡;洗完澡后把窗帘开到一半,拉上纱帘,看落日的形状和色彩在被风吹动的枝叶之间颤动。这里总是有很多风,毕竟在海边。树叶一刻也没有完全静止,只是摇曳得缓慢与迅疾的差别。不同于大陆性气候,伊斯坦布尔的风非常清凉,人不用站在阴影中也能驱散身上的热量。酒店和清真寺离得太近,每天早上五点钟不到,在日出时分,都有远远近近的宣礼声传来。有时候我会因此完全醒来而不再睡着,有时候我听见了再睡去。

伊斯坦布尔古代遗存数量众多,风格多样,细节浩繁,因此每个游客都至少能在这里找到一两个最心仪的遗迹。时间有限,我们只能选择拜访最感兴趣的部分。除了托普卡帕宫,我自己格外喜欢的是拜占庭建筑。圣索菲亚大教堂凝聚了人类可以为上帝奉献的最高耐心与巧思,其外观的古朴素雅与内部的炫目靡丽相互映衬。穹顶如拜占庭历史学家普罗科匹厄斯所说,"仿佛由天空的铁链悬系着",采光窗泄露的金色阳光让它洋溢着浮动、轻盈之美。大理石内墙有脂膏一般的色泽,甚至仿佛有芳香。灯光跃动在极为高阔而幽暗的大厅，从下至上照亮金色的镶嵌画，反映出层次不同的金色。即使这些镶嵌画留下的只是不同宗教反复相互覆盖后的残迹，看上去也足够古老而完美。众多石柱采用的柱头近似柯林斯柱，草叶状的花纹十分繁复且富于变化，但与柯林斯柱头不同的是，多了某种向外隆起并经过镂空后造成的蓬松感。秩序中的不规则细节更让人感叹设计的精巧，人们从一个建筑的一个部分转移到另一个，而没有雷同和完全对称折叠之感，总是惊奇于下一个空间会有怎样的光线、形状和纹理。

幸运的是，经过四年修复的科拉教堂最近刚刚恢复开放。科拉教堂很小，但内部的镶嵌画保存得比圣索菲亚大教堂更完整。从科拉教堂出来，你可以散长长的步，在附近的居民区闲逛，不远处是君士坦丁堡古城墙。远离游客最多的那些区域，你会发现伊斯坦布尔大部分街道都房屋密集却非常安静，甚至有几分杂草丛生的荒芜。体型颇大的流浪狗在夹竹桃之间散步。由于上坡下坡切换频繁，而且斜坡相当陡峭，普通的步行也变得颇耗体力。这里的居民楼除了木造屋，相当普遍地采用马赛克瓷砖墙面，非常小颗的方形马赛克，净色、彩色都有，而且楼距很近。这种外墙，在国内似乎是二十世纪八九十年代很多，后来渐渐很少见到了，被更大面积的瓷砖贴面或根本不用瓷砖的墙面所取代。间或经过一些面包店，做成橄榄形的面包排放得格外整齐，并且看上去让人很有食欲。

在乱晃的那些时间里，我总是习惯去路过的任何一个小商店里瞧瞧，一是为了买些日常要用的小东西，二是为了发现有哪些有趣的东西在卖。因为地中海气候，夏季长期不下雨，加上海风吹拂，便利店里的食物包装袋常常落着一层薄薄的尘灰。有意思的是似乎这里的巧克力有很多变体，各种各样的零食里一大半是巧克力、巴克拉瓦味道的，如各式巧克力饼干。因为控制热量，我没有买，但仅仅是看到这些，就唤起了那种只有小时候置身于服务社（那时部队社区里的小商店还被称作服务社）之中才会感觉到的安全感。这些小商店几乎全都有冷食出售，如奶酪、黄瓜、番茄、香肠。有的还会卖炖菜。总之，这些商店为街头工作的人、附近生活的居民提供最大限度的便利，你完全可以在这里解决午饭。我和同伴常来本地人到访的餐厅吃饭，价格比较便宜，也比较好吃。主要吃烤肉卷饼，或炖菜加米饭。烤肉是最好吃的，这不用说。但这里的快餐厅、自助餐菜品不如俄罗斯那样丰富。还吃到了一种比直立式烤肉更古老的、起源于埃尔祖鲁姆的躺式烤肉。有一天晚上当地朋友请我们在海鸥密布的金角湾边上吃了新鲜的烤鱼。

与一些有过社会主义历史的国度和城市不同，伊斯坦布尔的城市景观魅力不在于人造的秩序，而在于剧烈的错杂与起伏。一方面因为老城地势的缘故，它处于"七座山丘"之间，你经常能在某个拐角看到垂直的多层次街景，粉色、棕色、鹅黄色、乳白色楼宇和时隐时现的清真寺穹顶次第铺展通向靛蓝色海水；一方面因为历史的层叠、错综，那些西化的坚硬的石头建筑和更为纤巧、有着精细雕花但也饱受火灾威胁的木屋群落彼此交织在一起。

这几年做帕慕克的书，长时间和他的文字打交道，并反复读他

咔嗒

的新老作品，以至于漫步在此，我多少会有些怅然，因为他的文字仿佛比现实中的城市更美、更迷人。但也许文字永远比真实对应物更迷人。也许只是我停留时间太短而且并不熟悉历史的缘故。更何况我无法真的体会一个本地人的回忆、忧郁与怀旧。然而，置身于此的感觉依然很神奇，我见到了许多我之前从未亲历过，却早已在文字中多次碰面的词汇与街区，比如法提赫、尼尚塔什，比如土耳其馅饼"börek"，还有纯真博物馆。

　　不仅如此，最近几年似乎总不经意间和这个充满战争的地带产生曲折的联系。美国作家艾丽芙·巴图曼(Elif Batuman)也是土耳其裔，而她又恰好为俄国文学着迷。想起我到过的这几个城市：埃里温几乎是静美的，蜷缩在自己的记忆中，它珍视着自己所有的一切；彼得堡和它的文学一样有股疯狂，天气阴晴不定，城市和人的面容都有戏剧化的神情。如果说我在俄罗斯感觉到这的确是一个既是东方也是西方，具备两种不同的文化和性格而且二者都非常强烈的国度，那么在伊斯坦布尔，我感觉到更多的是某种暧昧之物和不断在不同身份之间晃动的气氛，或许它既不是西方也不是东方，仍然弥漫着些许焦虑与迷惑。在艾米诺努，如果不是用心寻找（或者我的找寻方向根本不对），你很难买到真正具有本地特色而且并非机械复制的产品和并非全球化的产物。这个城市的建筑传递给我帕慕克所说的那种感觉："即使最伟大的奥斯曼建筑也带有某种简单的朴素，表明帝国终结的忧伤，痛苦地面对欧洲逐渐消失的目光，面对不治之症般必须忍受的老式穷困。"当然，对外来者来说,在这里可做的事情还很多,你总能找到各种花掉大把时间、让你忘记原本身份的方式,你借此徘徊在生活的光滑水面而非沉入水底,正如那些为了逃离战争而搬来伊斯坦布尔的俄罗斯人和乌克兰人。我和同伴体验到的包括:在晃眼的黄昏光线里坐总是很拥挤的有轨电车然后走一段很长的上山的路回住处;和出租车司机一起在老城的崎岖迷茫、几乎不适合开车的小街之间迷失方向;和汗气蒸腾的人群一起等待轮渡;比较街头随处可见的鲜榨橙汁和烤玉米的价钱;在现代艺术博物馆观景平台看海鸥;仅仅只是看几个戴头巾穿长袍的年轻女子坐在清真寺庭院里硕大的法国梧桐下,围着矮桌野餐、大笑,并被乖巧的野猫环绕——它会让你觉得一切危险或磨难都距离很远。

咔嗒

与历史学家和职业记者一起徒步旅行

　　罗新和 Paul[①]在广汉会合，直到一周后来到绵阳境内，离开发生疫情的风险地带，罗老师便告诉我，我也可以前往。当我离开大都市，来到南方小镇，一切都变得十分缓慢宁静。四周民居稀疏，沿河流松散排布，除了道路和房屋，目之所及都是自然力量的领地，所有的青碧色泽都饱含水分。谙熟乡间作物的罗老师向茫然的我一一指出路边种着的大豆、胡萝卜，《诗经》中的木桃(毛叶木瓜)，还有猕猴桃、黄连。山路和溪谷边开着一些北方没有的、娇小艳丽的紫红色荚蒾。半山腰还有人在放羊。让我暗暗佩服的是，罗老师几乎可以和我们遇上的每一个人攀谈——放羊的村民、小商店店主、民宿老板、镇上卖东西的老人。一天晚上，受到缥缈的佛教音乐的指引，罗老师还追踪到了一场热闹的本地丧礼。只有这样，旅行者

---

① 保罗·萨洛佩克(Paul Salopek)，美国《国家地理》杂志撰稿人、普利策奖获得者。

才能在有限的时间内尽快接触"地方性知识"。

Paul 只知道我也写东西，却不知道我还是罗老师的编辑。得知此事后，他忽然对罗老师瞪大了眼睛："你的编辑过来和你徒步？我的编辑大概只会给我一拳。"（他的编辑不满于他的写作进度。）和中国目前的状况不同，欧美的图书编辑常常对作者的写作有更全面的介入和更多的干预。这种状态在几十年前的中国或许存在，但如今由于出版量的增加、优秀作者资源的相对紧张、出版节奏的变化（比如编辑会将更多精力和资源投入到营销环节），大多数编辑对作者写作的参与和介入相对较少。但是看起来，Paul 的编辑坚持着对于他写作进度的把控，并为他带来了不小的焦虑。

在压力之下，恪守工作伦理的 Paul 每天六七点起床，结束一天的徒步之后（正常情况下可能是下午三四点结束）开始写作五个小时，平常只吃早饭和晚饭。跟随他的饮食习惯，我们也省去了一顿饭，变得更"健康"了。如果当天需要处理的事务和写作任务较多，他经常需要工作到晚上十二点甚至更晚。这样的工作节奏已经持续了九年。九年间，他没有回过美国，一直在完成他从非洲出发继而迈向亚洲，终将在美洲结束的世界人类迁徙之路，即"走出伊甸园（Out of Eden）"徒步之旅。这种付出、坚持和信念，已经超越绝大多数人的身心承受能力。或许一名出众的记者胜过普通人的地方就在于这日复一日的劳动和不可抵挡的意志。

他不仅仅是在徒步，更是在打开全身器官与感知寻找值得书写的故事。他告诉我，越是在偏僻的地方，人们获取信息的途径越

咔嗒

是单一，许多村民甚至不愿让他靠近（因为疫情）；而在较大的城镇，人们便更容易打交道了。在镇上路边，Paul 拍摄一位用石磨碾磨玉米面的大叔时，周围的人们都笑了起来："你的手艺出国了！"

我在四川的几天里，一路上见到的大多数当地人都喜欢打量甚至议论我们。除了较大的城市，我们途经的村镇应该是罕有外国人来访的所在，特别是在过去三年间。不过除了外国人，我们自己也看起来和本地人格格不入——不仅仅是穿着打扮——比如试图翻越刚下过大雨的野山，在他们眼中也是多少有些莽撞的举动吧。

我来到四川后第二天，我们计划从什邡的蓥华镇出发步行到绵竹的麓棠镇。每天的步行路线取决于住宿地，而住宿地点又取决于这家民宿或酒店是否有空房且具备接待外国人的资质，因此负责预订旅馆的罗老师任务不轻。为了抵达这一天要住的酒店，如果沿着公路行进，路线较为曲折，于是 Paul 开始思考有没有更直接的路线。地图显示，如果想走直线去往麓棠，我们便要翻山去洛水镇。

在镇上吃早饭时，罗老师询问了好几个当地人——年纪都在五十岁以下——他们一致表示并不存在这样的路线。但在询问一位已经八十岁但精神矍铄的长者时，对方告诉我们，也许这条路能走通。他在附近找来了另一个上了年纪的老汉，他答应为我们做向导。因为要走山路，这位向导专程回家换了双鞋，还拿上了镰刀用来开辟道路。

走在路上，当我们向路人打听翻过山后的另一个村子（料子塘），人们纷纷表示对这个地名不甚清楚，尽管从地图上看，两地之间直线距离很近。看来公路的交通已经完全改变了人们对地理位置的记忆。这似乎也预示着我们选择的路线充满障碍。

向导名叫刘立金，出生于 1948 年，已经七十四岁，身材瘦小，但走起山路来毫不费力。虽然四川话对于武汉人来说不难懂，但他的方言口音很重，我也只能听懂一半，大部分时间里，罗老师充当了"翻译"的角色。刘老汉告诉我们，在许多年以前，他是会翻过这座山去那边的村子卖东西的，比如刚刚摘下来的黄瓜。但是近几年他没走过这段路，这次只能试试看。

不出二十分钟，我已经难以追赶走在最前面的向导。他为我们就地取材，将足够坚硬的楠竹劈砍成几段作为手杖。我几乎从来没有走过如此湿滑泥泞的山路，总是尽量踩在植被上而避开被前方的人踩松的泥土，只有这样才能让自己不滑落下去。即使如此，也在几个地方不慎滑坠，不得不从更低处重新尝试攀登。遇到实在困难的地方，便将竹竿卡在树木之间，用手握紧竹竿把自己拽上去，还不得不倚赖罗老师和 Paul 这两位有经验的同伴指导帮助。很快我就感到汗流浃背，汗水和柳杉叶子上流下来的雨水混在一起，衣服几乎完全湿透。

攀升到接近山顶处，光线渐渐变得明亮，本以为终于可以跨越这座山峦，此时向导又往前走了一段，在山顶搜寻了一阵之后，仍

咔嗒

然没有找到下山的路，前方只见悬崖。刘老汉仿佛完全不感到劳累，仍然独自在高处打探有可能下山的路线——身为颇有经验的老者，他不愿屈服于自然的屏障和记忆的失效。

过了十几分钟，这时罗老师决定不再等待，选择下山返回。摔了两次之后，我也渐渐不那么在意浑身是泥的形象了，而且好像摔跤也摔出了经验，反正也不会痛到哪里去。就这样，经过将近一个半小时的攀登和一个半小时的下山，我们回到公路边时已经快到下午三点。由于手忙脚乱无力拨开众多草叶，那些带有尖刺的植物还是在我身上留下了痕迹，双臂全是红色的细小刮痕。这时我们看了看里程：往靠近目的地的方向前进了不到五公里。

稍稍休息了片刻，我们只好继续沿着公路完成接下来四个小时的步行。来到蓁棠镇时，天已经黑了。由于此处隶属绵竹，而绵竹某些地方几日前出现了病例，镇上的餐馆、小店有不少都早早休息了，小商店的老板也明显对防疫规定更加紧张，连忙提醒我们戴好口罩。吃晚饭时，我感到自己从未如此精疲力竭过。罗老师却觉得，走山路失败的经历极好地说明了一个现状：短短几十年间，以前被使用过的山路会在自然的力量下快速湮灭废弃——山上还有许多树是最近几年栽种的——人们对道路的认知与记忆就这样悄然改变，更何况某些村子之间已经被更大的城镇连接，而不再需要翻山越岭地直接彼此沟通。当然，这种地形的影响依然在当地人身上留下了印记：向导已经完全适应并且熟练于这种十分泥泞的山路，一点也不像我这样气喘吁吁。

和道路一起被淹没的还有一些人和姓名。在彭州白鹿镇，罗老师和Paul见到了"谷布兰"这个名字。在罗老师的提示下，经过一番搜索，我们暂时只知道谷布兰是一位司铎，法国人，由当时的成都教区主教杜杭(Marie Julien Dunand)派来彭州重修备修院，后来称为"无玷书院"。但是我们依然很难搜索到谷布兰的名字原文（当地宣传文字提供的原名似乎不准确）和他的其他生平信息。在短暂的行程中，想要了解一个地方的历史并不容易。

长时间在郊野和村庄行走改变了Paul对声音的感受。走在公路旁边，听到大车驶过，习惯了喧嚣城市的我觉得虽然嘈杂但可以忍耐，但这在Paul听来却是痛苦的。也许他九年来的付出的确获得了相应的回报——他认识过太多生命，经历过太多普通人无法经历的社会和人生体验，了解过别人所没有了解的人的软弱与强悍。但比起每天徒步旅行，每天完成一定体量的写作并保持能够吸引读者的水准，恐怕是一件更为困难、更需要勇气和耐心的事。他每周都需要为国家地理学会网站写一篇文章，与此同时还在努力完成他的书稿。

某天晚饭的时候，Paul给我们讲了一个故事：在格鲁吉亚时，他偶然走进一家酒吧，遇到一位看起来轻松和善，类似瘦瘦的圣诞老人形象的法国人。法国人跟他一样徒步来到格鲁吉亚，他提出借宿在Paul当时租住的公寓里，Paul应允了。一切都看起来很正常，直到两周后，法国老人忽然忏悔：他拿走了Paul留在家里的现金

咔嗒

(一千多美元），把它全都花在了赌博上。原来这位法国人嗜赌成性，到达了众叛亲离的地步，于是他决定戒赌，而戒除方法是徒步去往一切禁止赌博的国度，但他所不知道的是，就在不久之前，赌场在格鲁吉亚重新合法化了，他实在忍不住便走了进去。

如果我也能拥有这个故事，或许会将其敷衍成一篇小说，这多么像是有关命运难以抗拒的那个"死在撒马尔罕"故事的另一个版本！不过，当Paul说出这些的刹那，我便完全明白这样的奇遇是属于他的故事，他见证的平凡生活里的传奇、吊诡、磨难，只能留给他去书写与解释。

短短几天的旅途中让我倍感幸运的是，我也见证了一个一百英里里程碑：每走完一个一百英里，Paul的GPS定位仪便会提示他做记录。记录方式是采访他见到的第一个人并拍下视频。我们经过酒香四溢、似乎广阔无边的剑南春酒厂，大概又走了一个小时，GPS显示我们该在某条主路边停下来。过了不久，一位打扮精致的中年女士向我们走来。当我们问她打算去做什么的时候，答案并不令人意外：她要去和朋友们打麻将。Paul无意中固定下来的四川生活横截面，足够具有典型性。

徒步经历让我感到，也许我们的身心真的可以适应所有的条件与环境，但大多数时候，大多数人没有机会去调动这种潜力。但我们也可以这样理解：在行走中，当我们被外物包围并向周遭的人与事物敞开，自己的看法和感受也会变得更加透明和流动，不再固执于自己的好恶和体验——这就是我所感受到的改变。正因如此，假如你并非职业记者或历史学家，徒步旅行也十分值得一试。

同时我也明白，对于中国绝大多数村庄和小镇，无论是方言、物产、风俗还是经济模式，我的了解也并不比一个外国人更多。它们从远处看上去那么相似，但当你真的踏上步行之路，便能够发现它们的细节差异和独特色彩。比如，我在这里第一次认识了本地常见的喜树，也叫水冬瓜；而且一定很少有人见过蘼棠镇的大片玫瑰园（还种有大马士革玫瑰），以及路边零星出现的窈窕的西梅树的踪迹——引进的水果品种已经改变了这里的景观。

跟随 Paul 和罗老师徒步的另一项好处是，由于需要在有限时间内抵达目的地，并且由于步长的差距，我不得不加快步行速度，不得不减少甚至放弃了拿出相机拍照，不再借助着相机滤镜的风景照片来辨别和欣赏风景——因此也短暂地戒除了近于鲍德里亚"拟像理论"意义上的自然景观。这种步行让我明白，我们从未真正占有过这些风景和历史，至多只是在它们身上留下稍纵即逝的痕迹。

咔嗒

我在官山的时候

1

旷寂的青山。因去年的洪水而坍圮的断崖。浅溪清澈无比地流下去,安静的石头们就高高低低地躺卧其中。山上是和老家孝感一样的土屋,但屋檐都是有白边边的,看上去像抿着嘴唇缄默的人。四周仿佛一丝声音也没有。

那时,晨雨刚停,草叶青蒙,泥土润滑。我们走很陡很窄的羊肠小道去山腰上的范世聪阿姨家里。走在那条小路上,可以看到山坳里的小河,河里有人洗衣,有成群的鸽灰色大石头。白色紫色的野花夹道丛生,它们的纤巧与洁净令人难忘。踏在草间,整个脚背都洒上清凉的露水。远远看对面山上的梯田,玉米秆就像一群合唱的人,安详地矗立在水雾之中。

终于来到小屋。扑面而来一股幽邃的气氛,跟别的房子不同,让人隐约感到是个女性味道强烈的地方。是个明三暗五的土房,收拾得异常干净，乳白色的组合柜很显眼，映着土房的黄色，非常柔和。夫妻二人看上去也都是灵醒的人。尽管范阿姨六十四岁了，但声音还和米酒一样清甜，嗓门响亮，让人特别爱听。她有时候唱一段，就停下来跟我们说话。她说起话来有亲人的味道。她说了几句又突然唱起来。原来唱歌和说话一样，是她表情达意的方式。她喜欢表现，喜欢让我们打拍子，自己带头拍起来。她也笑着抽烟，是个爽朗嘹亮的老太太。

她爱唱情歌、酸歌，吐词清楚，毫不羞涩。她用舒缓喜乐的调子唱："绣鞋忙脱下，裤带床头压，红绸的裤子往下垮，手扯着红绫被，盖住牡丹花。"我猜她酒量很好。我在她的歌声里感到了极大的自由，我所追慕已久的自由。只有自由、开放、能干的女人才能唱出这样的歌。她的丈夫也很有本事，是个精瘦可爱的小老头，会做木工、卖棺材赚钱，还懂得养野蜜蜂。老两口从唱歌到过日子，都满是默契，还不吝于秀恩爱，最后老太太还搂着老头拍合影呢。我们想象不到这个干干净净清清静静的山屋里，有怎样精妙、别致的生活。

因为听了太多好听的情歌，晚上高兴，喝了苞谷酒。味道很辣，不过喝得不多，并不像预期的那样醉倒过去。只是胃里暖烫，两颊发红，走起路来腿脚有些绵软。晚上看到萤火虫还在黑暗的房间里闪烁，发光的频率不等；持续发光的时候像一个小灯泡，一眨一眨的时候就像很遥远的星。

咔嗒

2

陈仙华是个讲故事的老头。

陈仙华又叫陈皮匠,是个喜性、热闹的老头。

他会讲笑话,讲许多吟诗作对、秀才举人的笑话故事。他还讲荤故事,有些好笑得很。听到"树茂林深,教樵夫如何下手;河干水浅,请渔翁另处投钩"之类,我掩嘴胡卢。当然更多是更加露骨的,我便要装作听不大懂了。

陈仙华大叔跟别的庄稼人有些不同,他一双眼睛亮得很,皮肤比其他农民白些,透着红红的血色。加上眉毛黑浓,鼻梁也端正,透着善良,其实在我眼里是非常帅气的。他上过六年学,成绩原本很好,当过文书,讲话文气,说起故事来有书场说书人的风范,一字一顿、抑扬顿挫。

陈仙华大叔的命运,就像山路一样坎坷。他有个哥哥是哑子,我想上天有奇怪的弥补方法,令他一个能说会道的人。他出身不好,七岁丧母,后来读了六年书,但在那个年代,他没有发展天赋、继续读书的机会。我们都不忍心多想,只能为他感到惋惜。更大的苦难,是他六十岁时,儿子在矿难中死去,只剩下一个女儿,嫁到了别处。

我少有地因无力抚平他人的疮痍而感到如此强烈的悲伤。

傍晚,夕阳厌倦似的躺了下来。我看到他坐在渐渐衰落的七月暑热之中,静静地抽烟。汗水从他的身周散去,流到莽莽山间无边无际的风中。那满头的花白，是一丛丛珍贵的芦花，在透明的黄昏里颤动。他说："我走到哪里，人们都喜欢我。"我就好喜欢好喜欢他。也许他还称不上故事家，但我多么想把他肚子里的故事都录下来，我多么不希望这些故事随着他的老去甚至离世而消失。而同时，我也多么企望，那曾经丧失的一切，都能获得些微的补偿，譬如，让笑声一直陪伴着他。又或许，他的悒郁一直不会消减，一个最能让人快乐的人，恰恰是忍受最多伤痛的人吧?!

那天，我们从早到晚都在听他讲故事，讲了二三十个那么多。他有种魅力，使人想要一直待在他跟前，听他说话，怎么也听不厌。第二天，整理录音资料的时候，耳边又是那种洪亮、沉厚又透着股温柔劲儿的声音，竟好几次有些要哭。大概所有本是灿烂响亮的生死，都终究是杳杳无声，如山涧湮没在白石的鳞隙之间。

不再写了吧;再写，要落泪了。

3

7月4号早上知道隔壁屋老了人。死者年岁并不很大，不过六十三。得知晚上可以看打待尸了，心里感到有些紧张和兴奋。下午酷热的阳光泼进山谷，打在自己身上却都是冷冷的。这稀有的死亡之礼，是田畈村送走我们这些客人的方式。虽不是好事，不过确是难得的机会，让我们真正见证此地最独特的民俗。

晚上七点，锣鼓唢呐的声音就响起来了，山谷响满悠长的回音,显得格外寂寞,格外古远。曲调虽然冷落,但并不过于悲哀。葬礼上,死者的姐姐哭得格外伤心,而男人们都是不哭的。

打待尸之前,我们和吊丧的乡亲一起吃饭,天上落着雨,打湿饭菜和酒水。棺材蒙上了深红色的绒布,挂上了彩灯,整个视野中的色调是十分艳丽鲜明的。也许热闹的大红大紫而不是素净的黑白,就如喧响的歌声一样,更能陪伴和安慰黄泉路上倍感孤冷的亡人。

吃完晚饭,各位歌师开始唱歌、活跃气氛。阳歌、酸歌都唱。唱毕,大约十点,就开始打待尸了。打待尸是四位歌师轮着来,每次有两位歌师,一人打鼓,一人敲锣,一前一后,逆时针绕着棺材唱。邓全堂是最年轻的歌师,不到四十岁。我格外喜欢他的歌唱,他的鼓点极其精确、铿锵,他的腔调高亢、辛辣,声音里的张力可以让我的皮肤瞬间长起鸡皮疙瘩。

只要你听过那样的歌声,你就永远不会忘记,在那个夜晚,几乎一颗星子都没有的天空下,一丛坐坐站站的男女老少,依靠着浑厚的山,热烈着自己的声腔交谈着,似乎忘却了正走向阴间的死者,唯有一句一步、一步一停的歌师,在用震撼心肺的锣鼓和歌声,讲述死者即将通往的昏暝的世界。死亡的肃穆与淡然,都在其中了。

4

离开田畈村,我们就来到吕家河村了。

我们住在阳坡上，每天六七点，就有热黄油一样的太阳光流进窗户里。早上出门下山去，高高的树林和低矮的庄稼都在晨雾里闪出银光，如千万条晃人眼睛的银箭，射进深翠的缎衾上。薅草的农人穿着白衣，把光反射到客人的眼睛里。整个天地全是新鲜的，流溢着一种无可挽回的气息。

如果是下雨之后，水雾就会从山顶往下挪动。那是仙人手下的一队小兵开过来吗？牛铃铛的声音和山中鸟鸣相应和，炊烟一缕缕缠绕着高空的云。心便骤然感到恬静的失落。

薄暮，小河从山下流过，通透洁白的石头在水中木讷地看着你。石头上有经过浸泡而柔软的蜜蜂的壳。一切都是空空的，往来无踪的，人说一句话，那声音就被水流冲走了。一切都是开阔的，却又是封闭的。向四面望望，山就站在你面前，拦住靛蓝色斑块的暮云。山是界限，而山后面又是山，云后面还是云，天空后面还是天空，没有终结的重章叠句呵。遂迷失了自身的所在。

夜渐渐浓酽起来，抬头看，星星多得像海边的沙子一样，每一颗都光滑冰冷，令人陷入短暂的出神境界。于是永恒与无尽，就片刻停留在头顶上了。不远处，能听到山中的黄麂子在"呜呜"叫唤，空洞而低沉，像刚烧开的水壶发出的声响。黛黑的远山上，在那快要看不见的边沿，有一点微弱至极的白光，是山上人家的住处。多么孤独的山群哪。

我想起《黄土地》里的顾青、《孩子王》里的老杆。作为一个外人，我可以找到用以描述这一切的语言吗？我又在写些什么呢？

我在打待尸那天晚上问邓全堂：像你这样唱民歌、打待尸的年轻人不多了，那这个习俗怎么办呢。他很平淡地说，最后就是失传嘛。

曾经，人一代代地衰老死亡，但是民歌一直不会因为人死而消殒。但如今，我们再也不会这样说了。如果你不来这里，你就不能体会到，民歌和故事是怎样地成为此地千百年来民人生活的一部分。听那些歌者演唱，就能发现，对于具体的歌词、词中的衬字，他们都有着微妙灵活的增减，凝聚着他们共同的和个人的态度、性情、人生感悟。这是难以言传的禀赋，只能心授意会。然而近几十年，世界的飞速变化让这一切都改变了。我看着这似乎永远不会因为开发而改易的山山水水，想着对比之下人生实在过于短暂，歌师也不能使歌免于流失。

同时，当地人期待着我们可以带来更多的东西。陈仙华叔叔跟我们在一起的时候，可以感到他对我们的好感与尊重，因为我们是读书的人。在陈大叔面前，在他们对知识的尊崇和歆羡面前，我感到隐隐的羞报，甚至是愧疚与不安。我不知我和我的同辈是否能像他们说的那样，对现实有所改变。我的爱依旧是无以言说的凹陷，它与被缚的想象和天然的隔阂等值，在于每一项不因我而增减的微小尘埃之中，永永迁延。

壁炉

　　记忆里许久没有见过，可能从来都没有真正见过类似形制的一座壁炉，在这个瓦尔代的乡村里。壁炉小小的铁门带着凹凸不平的花纹，尖锐的边缘意外地划破了我的衣服。上方正好是可以做饭、加热食物的灶。早晨的蒸鸡蛋就是从这里端出来。似乎中国没有这样直接在平底锅里蒸鸡蛋、放入番茄和香菜的做法。香气充满了并不阔大的木头客厅，虽然我的思绪偏离了这里，还想着莫斯科更加温暖的酒店小房间——二十世纪的、勃列日涅夫时代的酒店。莫斯科的地铁是前社会主义国家常有的形态，只是噪音比亚美尼亚的地铁还要更大，我们钻出莫斯科的这天刚好是胜利日，地铁里的人们纷纷别着胜利日的胸花（但这么做的更多是中老年人）。郁金香们落满了雪。

　　高纬度的夏季，白天漫长，到了晚上八九点的时候，天色渐渐暗下来。相邻的那幢木屋，男主人在门前烧烤一些什么东西，烟雾缭绕，木炭炽红。远远地望见他模糊的轮廓，是椭圆的、高大的、深

咔嗒

紫色的。天还很冷，比莫斯科还要冷。不过不像莫斯科那样下雪，只是一阵阵地下雨，刮冷风。湿润的空气弥漫在湖水周围。他戴着毛线帽子，忽然看见了我独自走在路上，朝我抛来几句话，发现我并不能听懂，仿佛明白了我是这里的游客，于是接着仍旧做他的烧烤。

村子里这一片几十座木屋，造型、色彩各不相同，有纯粹以木头制作的，有砖木混合的，还有混合着石头和木板的。有的近似维多利亚式，有的近似都铎式。外观主色调有棕褐色、乳蓝色、米黄色甚至粉色。不过有些屋子看上去没人居住，可能是主人留着夏天来度假的。之前清早起来散步的时候看见了这些。

就这样在泥泞小路上闲荡，又过了半小时，天完全黑下来。很久没有走入这样彻底漆黑的夜晚。上一次经历，是多年前在湖北的山村里做调研的时候。只有乡村会见到这样的漆黑，以至于一星一点的光亮都会令你受惊，心脏收紧。同样使我惊骇的是没有拴起来的、正在狂吠的狗，巨大的狗吠和回音足以传到数公里之外。但这只看家狗似乎足够理智，只是为了震慑闯入者，如果不超过某个范围，它无论如何也不会主动行动起来。

室外空气湿冷，而室内被炉子烤得干燥温暖。洗了头发很快就干。我拉上毯子睡了一晚上，又睡了一个下午。外面又是二十分钟的雨水和二十分钟的晴天交替着，因此晶亮的粉白色、粉黄色小雏菊必定在草地里炫耀自己身上的露珠。室内，木头的味道越来越浓烈，让人持续地昏昏欲睡，梦见茶炊（此行没能真正见到）、桦树和罐头。同伴们都去了桑拿浴，而我因为身体的缘故，实在不愿意出门。

过了两天又来到了彼得堡。被众多文字辨认过的彼得堡，最初看起来是一个更加阔大、略有些寂寞的北欧城市，无数厚重庞大而古老的巴洛克建筑拔地而起，连接着不大光滑、有着污迹与裂纹的人行道。这里的晴天并不非常普遍，但这个下午很幸运。果然，第二天早上就遇到了经典的雾气，无数次出现在作家笔下的那种雾，陀思妥耶夫斯基、格奥尔基·伊万诺夫都写过的那种雾。它好像不是英国那类湿润发白的水雾，而是铅灰色的、无比均匀地罩在天空拱顶下面的一层柔软颗粒薄膜。

比起一个观念来说，事实、友谊、食物、交谈、气息，往往更让人觉得可靠。但是他的眼睛里却失去了这样的东西。这是刚从前线回来的阿塞拜疆族士兵，此时此刻坐在彼得堡的一间会议室里。或许他在长达两年的折磨后并不觉得悲伤，只感到无限疲倦。他的诗英勇而正确，精美而真诚。然而他本人却似乎不那么清晰，一种雾蒙蒙的疏离与冷淡笼罩着他过于年轻的面孔。他相信着胜利的到来。热情在他那里很淡薄，而热情是在那个顿涅茨克女孩(也是黑头发黑眼睛的切尔克斯人)身上仍然跳动着的。晚饭时席间有激烈的反对者，他并没有站起来为"英雄"祝酒。能对这些不断被非日常事件改写的生命说些什么呢？他们和我们的世界是不同的。但由此我更明白，因为地理的分布，少数族裔在这个国度的战争里是要紧的，甚至是许多这样的人，而非那些在街上过着正常生活的人，护卫着

　　　　　　　　　　　　　　　咔嗒

祖国,哪怕是充满了偏执地。顿涅茨克女孩听这位小士兵演讲时不停地哭泣。在大的战斗里还包含着无数灵魂的小战斗,在大的死亡里是一个个微小的不为人所察觉的死亡……心爱的小动物在他们眼前死去,童年的木屋在他们眼前倒塌,这一切都会给年幼的人造成震撼,动摇他们对一切事物的看法。而没有接受过这些动摇的人,是无法简单地批判或赞扬的。

所以我们很可能不会再见到历史的这一刻了,也许下一次来,事情又发生了变化,这个看起来没有结尾的灾难故事总有一天会结尾。这时走在这个城市的街上,你看不到战争的踪迹。人们依旧打扮得很美,出门喝咖啡,坐船。纳博科夫故居里有人画油画,默默记下周围的景象。陀思妥耶夫斯基故居里阳光满溢。在夜里,我们走在街上,遇见酒鬼、诅咒我们的人以及帮助我们的人。我们跟随一个年轻的中国学生和商人来到他租住的房间,那是一幢十九世纪初建造的公寓,里面的石头阶梯已经像有油脂包裹一般隐去了许多气孔。他说了许许多多句好想回国,这或许是大多数同龄人所无法理解的。到了又一个早晨,鲍里斯·雷日的声音从一个高傲的年轻文学专业学生口中传来,我读了一首又一首这位诗人作品的中文译文。它们是一个失去了历史的人深入地层后发现更多虚无与黑暗时的结晶,常常糅合了纯净与杂质、整饬与颠簸,使一个二十世纪九十年代出生的中国人为之心痛甚至流泪——"记忆的垃圾堆,各种各样,各种各样/就像那个死去的人曾预言的,/美是不能融入,不能适应,/不能找到一个位置,在灵魂里。"我们就是无所归依,也是不能适应。出生在这些工厂院子、部队院子里的人多么容易理解。

雾气还是掀开了,明亮的蓝色重新投在翠绿闪耀的椴树叶子上。最后的下午,有的同行者去坐船了,我就一个人在涅瓦大街游荡,在滴血大教堂的糖果色块下眩晕,并在喀山大教堂徘徊了一会儿。由于忘了戴头巾,我匆匆离开这些殿堂,离开喀山大教堂所有那些精确优美的线条。上世纪曾有的混乱、疯狂和文学的战栗已从这些街道上淡褪,而在许多我们还无法抵达的荒芜之地和遥远边陲生长着。

咔嗒

西方来的风，吹倒了葡萄藤

感谢一位功劳卓著的朋友，这题目的后面两句渐渐也为人所知了："称作'心'的那个疯子，你抓不到。"心里确实是有些不安宁：因为在很长一段时间里难以摆脱某种音乐的蛊惑，我来到了这里。我请求一位叫艾尔肯的优秀乐手演唱那首蛊惑过我的歌。即使在洗去了幻想的斑斓色彩之后变得苍白和疲倦，那也毕竟是我最想要听到的。

这天晚上，我们就坐在这家餐馆里，好像是随便什么一家，好像是随随便便地踏入了生命的某间屋子。曾经在哈尔滨，我也是这样踏入那家露西亚餐厅的：暗淡、光滑，没有顾客的所在，灰白柔纱般的光线带着桑叶般的热气渗入茶盅碗碟、雕花壁板，老板拉着断断续续的手风琴……但是偶然的相识，不是总带着最必然的东西吗？我们难道真的会爱上什么预先计划的事物吗？

如果你来到那芳馥著名的"秦尼巴克"，就会惊讶于它的痕迹是多么顽固而又似是而非，它变成了小小的餐馆(再好不过)。许多汉族人坐在里面吃饭，和内地任何城市相差无几。而在外面的门廊里，一张张桌子上坐着维吾尔族人，他们聚精会神地打牌，打发掉这个下午。进到餐馆里走一圈，不可免俗地想到王谢堂前的兴衰。墙皮的剥落被粉刷所掩盖，如老妇敷施的胭脂，为蝼蚁的不可挽回的梦。

人们就总是在废墟的身体上庆祝、欢宴，过着最不会悔恨的当代生活。破败的墙垣让人说不出话。我们总是往高处攀爬，站在高台和屋顶上。羊子的气味忧郁地四处弥漫，你往下看，就看到废旧的维吾尔文和汉文报纸，一半掩埋在土里，野草野花在乱石中挺立，没有打斗和杀伐的遗迹。某处的土层正在松动，黑暗和光亮交缠着盘旋下降，直到那些没有人再读的书、没有人再用的织机和失去了甜蜜奴隶的锁扣，最终寻找到说着各国语言、皮肤晒伤的观光客主人。

吹一吹晚风，夏季的滋味像夹道的合欢那样枯瘦又那么艳丽。风尘在露台上做了巢，大部分民居都种着木槿、玫瑰、千日红，鲜妍一片。橘红霞光也像旗子被风吹成一条一条的，披在众多渺小的身体上。树荫下和道旁的草地上，人们用维吾尔语交谈着我们听不懂的心事。

外面天色逐渐低沉下来，是快要入夜的时候了，一团清漆般的阳光渐渐变得混浊，鸽子汤咸香的气味也要来迷惑我们了。这是喀什时间的下午五点钟！"风吹落了棉花""现在是鸽子和豹格斗"。

就在轻快细碎的咀嚼吞咽之间，也不可避免地感受到大的震

咔嗒

动。在窗外马路上，渐渐变得昏暗的某处，手鼓的回声由远及近又拉远，似乎击打着遥远的城墙。原来是婚礼的车队经过，吹吹打打的声音不同于以往的中原风味。而且结婚的并不止一对，在我们吃饭期间就听到了三次。唢呐的声音在西域显得格外苍凉，它和刚刚停歇的警笛声交替着，让人心慌和出神。这小小城市的周末还是有这么多婚礼，但据说以往是更频繁的，据说这几年，人们也不举办那么多婚礼了……

几个人，乃至无数人的想象、知识和思想，看似广阔无限，实际上却那么小，像巴旦木的内部，与我们的生存真正息息相关的不过是上一代人遗留下来的刀剑和手艺，克敌制胜也只是一刹那的事情。我不时遗憾自己是个女人，又或者疑惑世界上竟分什么男人女人。可惜我买不到了——英吉沙小刀带不回去。当然，我无法让思绪再停留于悄悄远走、又轻轻松松带一把刀子回来的年代（正如我年少时候喜欢读的"口述"所描述的）。实际上，家父很喜欢刀剑，是因为它们的漂亮，而非锋利。我想起从前，我们居住的楼房有人家里失窃，因为有吸毒的青年在附近流窜盗窃。不知道为什么，十几岁的自己会有那样过分的警惕：自那以后，睡在三楼小小房间的我，就把一柄小剑放在枕头下面，如此度过多年。现在，那种半明半暗、半虚半实的警惕，就充斥在我路过的地方，无处不在，让人呼吸沉重。

而他曾经醒来过。他并不是《暴雨将至》里那个剃了短发的、蜷居室内求生的阿尔巴尼亚逃难少女。他渐渐习惯这种沉重，并且呼吸轻盈。你也多么希望,自己像那个东正教僧侣那样,发默誓、不说话,任时间在灾难中流逝,可以毫不慌张地面对不同的宗教、战争和强烈的爱。他细长的眼睛醒来,带着葡萄般的微光,那仿佛是梵天从黑夜里伸出的一只手,没有其他人可以看见。想起这几天,大雨总是没有落下来,甚至在雨中也夹杂着晴朗的沙子,不禁感慨绿洲雨水的袍子织得太稀疏了。而白天,在牛羊巴扎上,人对牲畜喊着话,仿佛它们可以听懂一样。真是奇怪呀,它们撅着屁股,欢快地从卡车后面跳下来,那么欣喜急迫地来到下一个明亮开阔的处所,即使是为了被贩卖和屠杀。吃过饭,拉面摊子上的维吾尔族老人笑着用力拍拍我的后背,是为了什么呢?周围烟尘滚滚,太阳的火焰照亮我们长久在室内被城市、厌倦和虚荣浸泡得阴湿的心。为什么心里微弱的火光(Fiammetta)又出现在此处了呢?

大概是因为,太孤独了吧。夜市上那么多游客和居民,血浆和浆果,面食与茶汤,广袤奇异的"中亚"变得小而拥挤,在我们弄脏的桌布上吃喝。追风筝的人、玩鸽子的人、制作乐器和演奏音乐让灵魂摇荡的人,像众多幽灵一样逼迫我们面对彼此;多么久违,并排或者面对面地坐下,在这种可以直接坐在小摊前面吃东西的地方。就连滚烫的烤包子,也要拿在手里分成三份。我们一人吃一个煮鸡蛋,又再吃一个烤鸡蛋。这种朴素和重复的食物令人满意,至少在一个小时中,让人感到没有虚度。天光洒落在溏心蛋黄里,撒了盐和胡椒,小勺子挖去一角,仿佛随时会残破,只是一个幼弱的壳在手中。我们说过的话,简单的几个字,连壳子也找不到,但仿佛比其他一切更值得惦念。石榴汁一大杯，血红色，像葡萄酒，没有想到是那么醇厚的酸味。喝下去，会想到一些疯狂的原料，不知克制的细节。黄鹤一去不复返，白云千载空悠悠——因为最初就不明白什么是"胡马依北风，越鸟巢南枝"，我是在不是故乡的故乡出生的，所有省份的孩子都在一个大院里长大。活过和走过的地方，也全都像隔着一些什么。几年前，我第一次来新疆的时候，当地人告诉我格瓦斯里放的是鸽子血，喝下去以后，我仍然不懂得那到底是什么样的。我仍然不懂得为什么会这样匆匆地，仿佛没有告别地告别。

沙中火焰

我们的车在京新高速上行驶，公路就像在赤红戈壁上攀升的贪婪黑色舌头。如果开窗，风也是火热的，熏着我们的脸，反复碾压着我们的内地神经。虽然是初夏，火焰山一带地表温度也接近五十度。这是不同于南疆的另一种炼狱，另一种天堂。路边几乎没有花草，罗布麻粉红可爱的小花似乎只是为盛大高古的高昌、交河故城而生，在其他地方难得见到。我从阿斯塔那古墓斜坡墓道向上望，想象着在这里死去的命运。走出洞穴，远处飘荡煤烟，一千年前无数大小战争，也是这样的颜色？不像南疆，我还没来得及在吐鲁番找到音乐。这里的音乐究竟是怎样的？

吐峪沟麻扎村里人不多，许多老房子都锁着。这里不怎么挂门帘，但有些小屋门口晾晒着桌布、床单，在烈日下布料的纹路异常深刻。我路过一家敞开大门的屋子，里面一位老人朝我们望了望，邀请我们进去坐一坐。他头发花白，眼睛是淡绿色的，长得有几分像魔戒电影里的甘道夫。他看起来并不太快乐，动作缓慢，可是态

咔嗒

度很和善。老人走到门口指了指，门口的小路就通向清真寺。

吐峪沟清真寺在夏日天空下焕发琉璃般的晶亮，虽然它通体都只是由最朴素简单的水泥石膏做成。四座绿色的宣礼塔，塔身上贴着几何形状的镜面瓷砖，用粼粼闪光回应着沙漠戈壁热烈透明的空气。大殿的顶也是绿色的，微微泛出芥末黄，如发枯的叶子。拱门上画着简朴的绿色花纹，虽然只剩褪色的薄薄一层。

山麓上就是麻扎，我们偷偷地溜了进去。没有人看守，荒芜一片，木门破败，完全做了鸽子的栖息地和避暑地，走近时它们扑棱棱飞起，声势格外浩大，有那种广场白鸽所没有的野性和蛮力。不远处仍是火焰山，我们在这里环视，望不到天地的尽头，就像在千佛洞时那样。千佛洞几乎没有游客，开放的洞窟也不多，壁画上乐伎的乐器残缺难辨，即使身在洞窟之内，我们也几乎只能感受到被强光照射的炎热和晕眩。

其实过了火焰山景区往东走的火焰山山脉更好看一些，更加高大、完整，一条条红色氧化铁沉积带像茶水上的一层油脂那样悬浮在浅黄色山体上，无数世纪之前煤层燃烧，在山的根部留下紫红的痕迹，沙土的气味刺痛鼻腔。我们后来爬到几乎可以算是吐峪沟麻扎村最高的屋顶，是一座已经无人居住的屋子，垃圾和胡乱丢弃的木制家具堆积错杂在一起，一股带盐碱味道的陈腐气味扑鼻而来。再往上走只有电线杆和变压器，虽然我们仍然离地平面很近，但似乎在接近来自高空的某个很少接近过的声音。此刻沉寂一片，有些令人不安。

从鄯善和吐鲁番往返的路上，能看见许多沾染泥灰的大型白色卡车，老家在四川的司机告诉我们这是吉尔吉斯斯坦来的车。司机二十岁就来到吐鲁番，已经待了半生。他说，最近儿子要结婚，所以出来赚点外快。我猛然想起艾特玛托夫《我的包着红头巾的小白杨》里写过这样的卡车，主人公擅作主张加上两节拖车，酿成悲剧。看来这样的卡车现在已经成为他们的常规配置。司机说，这样不方便也不安全的车子中国已经没有了，言语中带着一些轻蔑和幽默，但我却惊喜于半个世纪前的记录得到印证，更惊喜的是伟大的天山怎样把不同的语言和民族扭结在一起。路边开过很多运送哈密瓜和香梨的车。西瓜田里，很多农民把西瓜一个个摘下来，直接装进纸箱里，立刻就可以运走出售。葡萄还远没有成熟，葡萄田里没什么人。中午在村子里休息时，我突然发现葡萄藤投在地上的阴影和妇女艾德莱斯裙子上的斑点图案是那么相像。

在南疆铁路上，我们的肺腑仿佛已经被吐鲁番的火焰和尘土洗过一遍。沿着沙漠往西走，逐渐冷却的空气包裹我们干枯然而清醒的骨头。往车窗外看，除了村庄农田，还不时见到许多黑色的古代遗迹，有的像是古城城堡，有的就是墓地。它们非常稀疏松散，有时连成一片，有时半小时也见不到一处，这些石头和生土遗迹与风力电站、光伏发电板交替出现，似乎在反抗着时代，也反抗着我们的接近。它们在发白的傍晚气流里湮没无踪，一次次遁入蓝黑的清凉夜幕。

夏天喀什的下午常常冷不防地下起阵雨来。我们躲进一家甜

咔嗒

在塔什库尔干

品店，喀什的甜点种类才真的齐全。我用蹩脚的维吾尔语追问店里的大姐，这个维吾尔语是什么，那个又是什么。有种核桃酥的名字，她笑着解释说叫"Aj-mimish"。我还没有找到准确对应的词。这种点心酥皮里涂满了蜂蜜，快要漫溢出来。往郊区方向走，我偶然走进一个漂亮的社区，许多家庭都住着带两层楼的小院。和当地很多街道一样，这条街的名字也有"巴格"这个词——花园。有一些维吾尔族孩子做着跳皮筋之类的游戏，他们用的是汉语，普通话标准得令我吃惊。清凉的杨树和桑树阴影横跨窄街，我和同伴开玩笑说粗看起来这街景和地中海并无二致。

从喀什回来后，我想，住在这样至少看起来干净、亮丽的"巴格"社区里的居民，和鄯善吐峪沟边上峡谷里的村民，有着怎样殊异又共同的命运？我多么希望有人能把这些市民即使是暂时的笑容和快乐，多分一点给鄯善乡村的居民。那里的巴扎没有牛羊，都是普通的蔬果、日用品，和汉地差别似乎不大。从巴扎回到市区，我们拦下一辆顺路的车，司机是吐鲁番的教师，看样子也经常带人进城，无论如何也不愿收下我给他的钱。他的后座带着一个当地的老人，我爱极了他们的米色长袍。

开斋节那天我们正好在喀什。古城里许多中年以上年纪的女人都戴起了炫目洁净的白色头巾，三三两两地在路上徘徊。我正发低烧，同伴去买东西，而我坐在一家酸奶店门口休息，吃得很慢。一个短头发的维吾尔族小女孩走过来，她有很黑的、细长深陷的眼睛，像梦。她是酸奶店老板家的小女孩，可能是孙女。我问她叫什么名字,她只是害羞地笑笑。我转过头去看街上的人群,她忽然把手指插进我凌乱的头发,轻轻地理着。这时酸奶店老板和一位顾客起了争执,但显然正义在他这边。南疆男人吵架精力十足,叫喊声充满一整条街,但似乎仅仅停留于争吵,并没有升级。我一时有些紧张,但争吵结束后又有几分失望(真是恶趣味),因为我无法在同伴归来的时候讲故事了。老板牵着他家的小女孩离去了,老板娘接替他忙碌着。这一天,整个古城里的小女孩都穿上了白色纱裙,化起了妆,她们七八岁的表情像是无法承受这明艳的妆容那样在冰糖般的光线下融化。那个时刻,"真实"和爱,曾经来到过我心中。你知道,一旦你拥有过那样的东西,世上某些事物的虚假就不会再将你的心夺去了。

南行书简

——寄五妹

1

　　此地的人们的语气，似乎比我记忆中变得更为温柔。不过，他们把旧的街道、房子、门面改得不成样子。五妹，丑的东西，哪里都是一样，美丽却有些不同。你要出门，就要大大地做心理建设，多看好的，少看丑的，否则全是大大的失望！

2

　　我去了圆通寺，这寺院气息和构造与别处不同。有池塘、流水的地方总是非常鲜活，天气本来不热，晒晒太阳，加上海拔高，还有些呼吸剧烈。

　　晚上去了斗南花市，因为鲜花拍卖晚上才有。这些花不出现在阳光下，而是出现在市集的白炽灯下面，幽暗和明灿相互映衬调

咔嗒

和,与在自然光下相比显得别有风味。毕竟有夜色的烘托,更造就出一种争相比美的强健生机。它们第二天一大早就要发往全国各地,于是,作为一种正式生命的预备,供人作惊艳的一瞥。卖花人有不少带着小孩子,他们已经在花海之中睡着。

我见识了很多以前很少看到的花,像银叶菊、凤尾花、藿香蓟、帝王花、青葙,各各颜色不一样,样样好看,简直看不过来。特别是凤尾花,那样的艳丽,一身袅袅娜娜的样子,不特别富丽也不特别婉转,炽烈得非常不俗,像一支深歌。那藏红花色的娇颜凝结在苍绿色叶子里,买走了不忍心,不买走又觉得舍不得,总想多看两眼。如果你在,一定会很喜欢。花也不算贵,你买一束,最喜欢的不要掐,第二喜欢的掐下来,也可以戴在头发上、拿在手里玩。唉,是不是最合心意的东西,总是不敢全部得到?

马路上有不少空空的商店,颓败和无望,在任何表面的繁荣鲜丽中也不缺少。不管怎么说,许多不同的城市,在外观上是变得越来越像了,也越来越现代化了。我和你最近遇到的烦闷很相似。我要偷偷跟你讲,我心里倚赖怀旧气味和远方情调的那个鬼,还没有办法彻底打死呢。

3

我总是乱坐车。还骑了一段车到翠湖、到云南大学。每个庞大的城市,也终究只是一条小路。我们气喘吁吁地看它两眼,再继续切割陌生的一切。街道小小的，崎岖不好走，有时候在马路对面看见一家小店，想坐下来，到了跟前却发现商店没有开门，于是愈发寂寞。微微缺氧的感受，轻快的风和飞流直下的午后光芒，本身就构成了拂过我们耳朵的音乐。

有山形起伏的城市和校园，的确更有风情。会泽院真是漂亮。我总觉得，一个校园不必有什么八座十座的精彩建筑（像 W 大、P 大），若有单单一个足够耀眼就是最难得的。会泽院通体散发明亮优容的调子，响应着人们拾级而上后不负所望的欣喜。

今天下午下了雨，唤醒我记忆中九年前的印象，昆明的雨令整个天地弥漫起秋天的清朗气味，一点也不滞闷。空气中的桂花香被雨冲开、搅乱，这些香气就是清凉的火焰，在我的皮肤上燃烧——你无法忍受这世界骤然倾泻的甜美，它是冷淡的，它是非人性的，但是它改变着我们对自身的理解。

在九年之后，第一次与 L 君见面，是在一间茶铺。杯中茶水颜色黄亮，据他说是极好的普洱，虽然我是分辨不出的。正是他带来了那种光泽。他晃动着逝去的语调和声音，说："这世界越来越不好玩啦。"没有一群人聚在一起，大家各自为自己的生计而奋斗，怎么可以谈得上振奋呢？不过，以前总觉得需要追寻那些逝去的事物，复制记忆中的印象。可是看到那样的人，想到那样的存在，听一听他所说过的话，你觉得，所爱之物已经凝结在那里，大概就已经足够了。

雨从车窗外面飘进公交车，打湿我的头发。回音摇颤着，把久远记忆中的图像带给我们。那时，我们不是摩挲着一些印在铜版纸

咔嗒

上的图片，仿佛它们是神圣的，是不可分割的，它们有自己的庙宇和神殿？《山茶》，光是这最简单朴素的两个字，就让我们想起种种光泽渺茫的事物来。我心里充满了火焰。

4

又是小雨，云大呈贡校区的花花草草，没有一样不让人沉迷。红土的剖面，在雨中变得更加浓郁醇厚，野豌豆纤弱飘摇得快要坠落下来，但终于没有坠落。下完雨就继续看云。云贵的云，总是风情万种，充满了曲线和勾连，和北方完全不同。傍晚散漫朦胧的样子，像是海水中的泡沫被冲上沙滩堆出来的，连不成片，但又无法完全分离，是那么地让人忘我。

和 T 夫妇吃晚饭。他们是很好的人，快乐而直接。我也说到了你。

5

你不知道，这里的光线是如何的剧烈，色彩是如何的分明。从昆明一路到大理，景色光影，已经和先前经过的贵州一带显出不同风味。

我们在古城里逛，来到一间很小的咖啡馆，倒也非常安静阴凉，坐在里面依旧可以看到外面的煌煌烈日，主人应该是一对小夫妻。我们一直走到洱海边上，绕来绕去，都在一座白族小村里，那里种着香蕉树、赤红的辣椒、高山榕,有"里仁有风"的牌楼,人影憧憧。这里的人也全体都很好看,他们的皮肤是均匀的棕色,眼鼻和下颌的线条非常清晰舒展,仿佛显示出多年前王族的风采。

在坏猴子酒吧,我们就坐在离乐队最近的地方,主唱不坏。我一直很爱看酒吧里的人,虽然有不少人即使和朋友在一起也只是呆坐着看手机。不过每个酒吧都有老洋人和他们的中国女友,我每次都忍住笑暗暗观察,实在好玩得很。也许有人觉得坐在酒吧里和大家一起听音乐是空洞无聊的,但是谁不需要这种空洞无聊呢?

6

"巍巍十九峰前,蒙颠段蹶,依旧河山",在片岩累累之中,历史的执念和恨意,已经消灭过好几次,燃烧过好几次,冰冷过好几次。那些千里迢迢而来的征服者,不是带着欢欣杀戮,又带着欢欣退隐的吗?我们行走其中,实在太过渺小,多么老生常谈,可是人们常常忘记!

今天正是上到苍山。我们坐中和寺索道,最老的一条索道,车厢毫无遮拦。一开始自然是紧张的,但是之后却被炽热光线烘烤得感觉有些飘浮了。两侧高大的松树紧紧包围着我们,风很合度,松枝只是轻微摇摆,高处有鹰缓慢从容地盘旋。这完全宁静的十五分钟,仿佛我们已经化身飞蟥,向太阳的火种作无限上升的漫游,对于人世几乎完全忘记。

咔嗒

我在石缝中看见不少虎耳草，白细花瓣如同戴着幼小的橙色王冠。许多小花都是山中的精灵，那样的细小，和山峦的巨大一点也不矛盾，只有它们懂得山体的呼吸，我们却是十分茫然的。龙溪的巨响，在身前身后不断移动。久之，不知是空间的广阔，还是自身的广阔。越是清晰的震动，越是标明确定方位，无形的声音却越是令人惶恐。

我们开玩笑说，如果天黑了还没出山，就不得不采摘野果维生了。这山风里的诱惑，实在太强大了。苍山山神脾气也不错，今天没有下什么雨，否则路滑，我更难走。平路走了十二公里，以为终于将要下山，结果发现还有很长的一段上山路！许多人的生命里程，同样是始料未及，先不必说大的变故和风波，光是下山和平地的轻松和突然上山的艰辛相对比，就足够引起震荡和疲惫了。

在前后空旷无人的山谷，云的移动迅疾是我们无法控制的，所以一两个小时之间就可以在不同的季节里穿梭：一会儿是酷烈的炎热，一会儿是阴暗与潮湿，偶尔还有清冷涧溪渗流下落。等我们又走到一块平地，阳光已经斜斜洒落下来，草叶半湿润半干枯，还有许多墓碑，四周环绕着过于艳丽修长的野花，就像电影《潜行者》里寂静的画面。苍山的景色在我看来，又有气度，又有女性的秀丽。

晚上我们看了许多古钱币。在镂空雕花的铜钱上，是真正描绘着花前月下和谪仙人李白的蟾宫的，还有更多的种种绮丽梦幻，竟然被固定在最为实用实在沾染尘世污浊的钱币上，那时大理国的人，果真是这样的浪漫呃。

我们从室内出来，看到洱海的上弦月，其婆娑袅娜之貌，正如洱海本身。即使是匆匆领略，我们也是这样地喜欢下关的风、上关的花。不得不想到，某地的气候和自然，与人的恋爱、早熟，是有着千丝万缕的关系的。

7

这一次我都不知道从何写起了，我以为巍山小城比我去过的其他地方都好，又不过于冷清，又不会失去了个性。你看，这里的一切都还是很旧的模样，小店里面都是阴阴凉凉的，连蛋糕房里糕点的样式都是我以前没有见过的，沿街的小店卖古玩、旧书、挂面。巍山太热，这是我们没有料到的，我只猛然想起大理的客栈老板笑眯眯地跟我们说："巍山是很热的，你们要当心。"我现在想起来，又气又笑。

巍山的房子用了许多藏红花色和橘黄色的油漆，加上简直如热带一般的强烈光线，整个看起来是燃烧的色彩，绝不会让人感觉乏味。我们找了很久，终于找到梁家小姐绣楼，这是巍山帮大商人小姐家的宅子。你不知道我看到了什么。绣片，钱币，坛坛罐罐，堆满了一间间屋子，当最精彩的那一间屋子被打开，光和灰尘像海浪一样袭来，把这一切冲到我们的岸边，许多历朝的南传佛教塑像和贝叶经，还有我从小在画册里看到的甲马纸……它们迷梦般的花纹和装饰在时间的淘洗中渐渐变得毫无用处。可那是多么令人羡

咔嚓

慕呀，从马背上驮来，从旧主人手里来到新主人手里，最终来观看他们的人是为它们本身所吸引，在漫长的幽暗和无人见证的照耀之间，我们甚至也没有资格怜惜它的朽败和耗损。我喜欢的正是那看似随意地堆放在一起的姿态，正是静默又谁也不用在乎的样子。我们在这么小小的城里，见到如此的天地，感慨每个人的生活太狭小了。这宅子也是另一种囚禁，对一部分人来说却成为了解禁和难以言说的阔大。

等我们返回住处时，巍山已经快要睡了，许多门面关上窗户，人们懒懒地走了。街道晃着最后的光，像吐着鲜红舌头的狗。

8

巍宝山上全是道教宫观，但是让我印象最深刻的大概是传说中叫作瘴气的东西。我以前认为所谓瘴气都是迷信，这次有些信了。树林可以滴下水来，虽然凉快，但也很窒闷，上山时就不太舒服，大概是出来以后就开始病了。青霞宫水缸里，只有一条孤单的小黑鱼游来游去。我们的整个生命，不比它更好，不在水缸里，也并非井底之蛙，而是本来就并无可能看到更大的空间和维度。

从巍山坐车到喜洲，四周天色渐渐阴暗下来。在路途中断断续续睡着，我总以为是很幸福的事情，就像艾芜想到漂泊那样幸福吧。虽然我爱的绝非漂泊本身。

你知道吗，我们到了喜洲，反而觉得傍晚和黑夜时，更适合在古城溜达一番。和大理古城的热闹开阔不同，喜洲有静脉一样细细布开的街道，更小巧安静的门脸，晚上统统关了门，绝不会吵嚷，电灯也少，正是"空山一曲风吹树，老屋三弓月堕檐"的景象，适合做一些荒诞不经的怪梦！街道先是全体变成微淡的蓝色，然后灰暗到看不清。这里空气的冷冽，和巍山颇不相同。走过一些毫无灯光的小路，只有白白的墙壁反射一些光。你哪里知道，每一个平淡的人，以及由他们组成的大洪流，每天追逐了些什么，又放弃了些什么呢？

我住在一家青旅，环境很好，房间也干净宽敞，旧的皮沙发，有雕花的红黑漆木柜。晚上星座、银河清晰可见。天鹅座和天马座非常闪耀，像金银花那样舒展，长长的肢体投下清凉有香味的影子。就在这天深夜，我站在天台上，光顾着看星星，因此着了凉。

9

我们骑了一会儿电动车。乡间小路，尘土很大。我走到水边，因为斜坡太滑，竟然掉到洱海里了，还好同伴立即过来把我扶了起来……我们只好选了一个开阔的地方一起晒太阳，他们帮我把鞋子袜子拿去晒，我自己躺在长椅上晒湿透了的裤子。树枝上全是蜘蛛和它们的网，阳光可以把我们的脸晒得脱皮。

北星登村一带的景色是最好的，云朵层次分明，而且相互偎依遮挡的样子，完全是模仿它们下面的蓝色群山，山下又有金黄的稻田、烧秸秆的白色烟火。正是把过去脱去，想要为来年积累的季节。

咔嗒

晚上又回到了大理，在房间里听外面下雨，声音很不急躁，我只觉得，每个人是如此的微小，能做的事也是如此的少。

10

今天我坐在火车上，是硬卧改硬座的车厢，我总是趁座位稍稍空出来的时候，蜷成龙虾一般，看茅盾的小说，或者打盹儿，因为前夜实在太困了。茅盾似乎是一个很会揶揄人，也会安慰人的作家！

到了昆明，又终于在宾馆住下，很快就睡着了。想到之前在火车上，只能蜷着窝着，趁别人不坐的时候半躺下勉强睡着，现在才知道拥有一张床的权利之可贵！艾芜说他自己是"把墨水瓶挂在颈子上"写作的，我现在大概知道那有多艰难。

我在地下通道，还看到了从监狱出来三天的人乞讨。他看样子确实是服刑过的。我等来往人少的时候，给他塞了仅有的一些现金。平日里，除了卖艺人，我们哪里会多看乞丐一眼。可我以为，这一位乞讨者比别人更需要这一点点东西，虽然我们不能预测他未来是好是坏，只是知道找钱不容易，才更希望他和社会可以相处得更好一点……转身走去的时候，我想到这短暂而又难以胜言的路，就想起冯至写过的：虽然没有如何进步，但也没有沉沦后退。这样说，是不过分的吧？

雪晴

　　雪飘落下来的时候是清晨,它将小镇封住,洁白完整,几乎没有裂痕,没有大城市里的尖角和热气刺破它。干燥的气息暂时消失,看不见的湿润的膜将你裹住。

　　我本来以为,赤峰,或者它已经被抹去的"昭乌达盟"这个名字离我们并不过于遥远,但实际上,我们感觉在路上过了很久很久,似乎将整个时代留在身后,甚至和我们以前到访的真正的西部也不尽相似。这里城镇分布过于稀疏,从赤峰到大板镇也花了两三个小时。

　　走在大板镇上,北方特有的灰白地面从视线四周隆起,它们映现的仿佛就是契丹和蒙古地界千百年天空的洁净乳蓝色。风从公交站牌、门窗、屋檐、贴纸的裂缝中迟缓地涌来。

　　后来,来到庆州白塔下面的时候,阴云渐渐散去,碧蓝的天空渐渐张开,有轻盈的紫色云条拢在远处。塔身上留下被涂坏的痕迹,但远远看去还是均匀的奶白色,将发灰的蓝色天空映照出透明

咔嗒

的质地。

而到了返程的路上，空气彻底明亮。心想，如果是这时，在白塔下面就好了。可是我们身已不在。路旁的西拉木伦河仍然是结着冰，落着雪，闪动白亮的反光。布满金绿荒草的山梁仍在沉睡，男人们互相打着招呼，说起禁牧的地方越来越多了，补贴却那么少。

我们胡乱坐公交。公交上有一个女孩，头发梳得格外整齐，穿着呢子大衣，看样子不过十岁左右，但是神情却和大人一样，显得镇定自若，又若有所思。这和我在北京见到的那些戴着眼镜、神色漠然、低头不语的小孩子完全不同。

坐公交到最热闹的地方，就是荟福寺了。夕阳照射下，褪色剥落的外墙呈现出玫瑰色的光亮，泛出早春冷白的色泽。它快被人遗忘了，于是看起来，比北京的一切古建筑反而都更古一些。

原本周末这里并不开门，我们找来值班的一位僧人替我们开了门。值班室桌上是一盆快要枯败的杜鹃花，花瓣的边缘皱缩了起来，在太阳下闪耀奶油的微亮。在几乎还是一片干枯景象的巴林右旗，我不得不特别感到这花瓣的新鲜可爱。更何况，它原来和荟福寺山花的颜色一样，是发白了的水红色。眼睛更喜欢这样偏近雅致柔和，也更加真实的色彩。

我们在寺庙里逗留了一阵子，那僧人就一直在门口等我们。这时，空气像是静止不动的，又或者只有空气在流动，而万物稳固不移。

阳光耀眼,暖烘烘一片,好像再没有比这里更远的地方。小街边,光在有灰尘的窗玻璃上爬行,有些打滑,又不愿离去的样子。几个戴眼镜和解放帽的老人聚在一起打牌、下棋。阳光就在他们身边转来转去。地上有污水、细小的纸屑和塑料的残骸。每一件不起眼的、被抛弃的、没有用的、看起来不美的事物都笼罩在薄薄的光晕里。

在这里,时间好像被人忘记,历史也没有留下痕迹,只有无形地消失。巴林百货大楼的金色大字在寒冷空气里仿佛现出某种启示。远处地平线上方是日落前粉红色的云。我感受到记忆含混流动所造成的轻微压迫之力,在神经末梢作痛,我又不可避免地想起新疆,同样的干燥、广阔,但比这里的景物更加甜美和忧郁,那里温暖的黄昏同样是席卷一切,但除了高贵的塔什库尔干冰雪之地,在平原、城镇、狭窄寂寞的街道,人们缓慢地走在街上,似乎用尽了历史和语言的命数,欢笑也夹杂着一丝忧愁,没有人想要真正地回到家里去。

与其说我感受到沉默,不如说感受到那种放弃了表达的表达。比朝九晚五或读书写作似乎更加不言自明的生活,对我而言,其实是一种完全的神秘。因为我难以忘记,在大板镇最后的夜晚往火车站走的时候——

四周几乎没有声音,只听到远远传来一两声火车汽笛,还有零星狗吠,带着春天的意味。整条街虽然也开着店铺,但灯光都是暗淡的,只有一家成人用品店写着"无人售货"的招牌放射出银色光

咔嗒

线,显得格外耀眼,与四周格格不入;它的旁边却是用暗红色手写体写着"收售旧家电"的门面,透出我印象中幼年时才常见的昏黄的白炽灯泡光线,它所照耀的区域有限、封闭,边缘漫漶不清,被黑暗侵蚀。

走到离火车站不远的地方,迎面走来一个男人,左手拎着什么东西,右手拿着手机,一直对着耳朵听,是断断续续的长调,清晰、顿挫,但也沉闷、扁平,大概是微信语音。他是这样急切地想要听到这声音,令我感到片刻的吃惊。

一直到了火车站,我也依然恍惚疑惑。两个年轻的男女在我身旁排队,我们坐的这趟火车,刚好是从西宁发车,路过此处。那女人忽然问她的男人:"西宁是哪儿?"男人想了一会儿说:"应该是在青海吧。"我顿时闻到那种与世隔绝的安宁与绝望的气味。我想,我们就是来过了一个这么遥远、这么不需要世界其他地方的地方了。

埃里温之瞬息

傍晚从高处看去,整个埃里温躺在山谷中,焕发出柔软的棕粉色,想来是当地造屋常常采用凝灰岩的缘故。楼房色泽相近,城市也更显得平静安宁,虽然这也是不久前爆发天鹅绒革命之地。这个国家的国民,不过分热情,也无高傲的姿态,态度自由自在无拘束。在亚历山大·塔曼尼扬的设计下,埃里温道路井然又布局紧凑,建筑大都保留了二十世纪的风貌。美术馆内窄小而陡峭的扶梯飞速行驶,颜色绚烂,层层攀升,通向苏联时代所理解的未来主义,置身其中,恍如进入虚构的时空。

我们在亚美尼亚山结的一脉中穿行,无声的风打在脸上。迎面而来的是小高加索山脉。和我们的葱岭非常不同,这里的山也带着安宁祥和的神色,表面呈现桌形,一望无际。金色绿色的草,短短的一茬匍匐在灰白色的岩石上,枯干厚实,如小马换毛时参差的茸毛,似乎也微微被风吹动,但不会改变它执拗的形态。因为地势平阔,是中国少见的地形,能够清晰见到多处焚烧草地升起的烟雾,

咔嗒

在光照下闪现迷离暗哑的灰白色,那样旷寂而热烈的气氛,令人联想起痖弦的句子。

路上经过迪利然(Dilijan)森林,桦树变成金色,光泽绵密。大地戴上新的金戒指,闪耀清澈冷冽光线,我们不再能够越过它,只在这光溜溜的指节上打转。据说这片森林的某处就是瓦鲁扬·加拉贝迪安(Varoujan Garabedian)的宅子,他是大屠杀难民的后代,出生在叙利亚,作为亚美尼亚解放秘密军队的成员,他向土耳其寻求复仇,实施恐怖袭击,因而在法国被捕。由于无数人的恳求,多年后他终究被释放,现在回到故园,隐居在此。可见个体与民族相互依赖之剧烈程度。为之献身之物也反过来托付于自己,也是一生里值得感慨的事。

经过森林,来到瓦纳佐小镇,仿佛走进从未拥有过的记忆。降温的秋日,人行道上边缘峻峭的落叶也会令我们受伤。各地的亲人们因为工厂而患上恶疾。人的本性是渴望牺牲、渴望付出,它医治着个人主义的孤独痛苦。桌上摆满了菜肴,青椒塞肉、烤土豆、烤鸡、腌秋葵、腊肠、白兰地、山茱萸果汁。透过白色绣花窗帘,可以看见窗口高高的松树。在世界的一隅,它们就是富裕和满足。

走上街道,两边稀疏排列着昏暗的店铺,令人沉沉欲睡,大人牵着吃巧克力的小孩子走回家。街边一条小路通向那座近乎废弃的房子,那是亚兰家的老宅,原本属于亚兰的祖父。院子里曾经种满了花,长着两棵苹果树。树上结满苹果,枝条下垂,树下也落满苹果,来不及被人吃便掉落在地上,反射出带着灰土的紫红色暗淡光彩，在不太晴朗的黄昏空气里益发恬静。一个老人坐在店铺门口，抽着烟，店铺里空空荡荡，似乎没什么工作要做，但是他坚持每天都出来坐着。老人向我们伸出手来，是一只被生活、历史和遗忘折磨过的手，他和这世界千千万万个小镇上的居民一样，是我们的叔叔伯伯。

小雨忽然落了下来，前方是用亚美尼亚文和俄文书写的汽车站标志。我们等了不一会儿就上车了，月亮被云罩住，投下晦暗而富有挑逗意味的光芒，像秘密警察的视线落在我们发冷的膝盖上。在车上偶然遇见的当地女人告诉我："北京，我去过，雅宝路，雅宝路，我曾在那里卖衣服。"山路上的黑暗越来越重，亚兰跟我讲起过去的事。从前，亚美尼亚黑帮盛行，几乎无人不与之有所沾染，经过他们，无数日常生活的链条才得以顺利在苏联时期运转。根据规矩，黑帮头目从不以某种职业谋生，只需要尽好自己的责任，从中获得生活所需，直到某天突然死于敌手。他们的所作所为又赢得民众的爱戴，撼动众多上一代人的生命。回到埃里温，光脚踩在公寓地板上，一阵湿和冷，又被木头地板抵抗。在陌生的国度，反而不觉得任何不安和惶恐，对着楼道里装上十字架的镜子照照自己，试试能不能看见《卡拉马佐夫兄弟》里自己最喜欢的那个阿辽沙。没有。一个和宗教毫无瓜葛的人。城市仍然飘浮在音乐中，而我拉上窗帘便蒙头大睡。

如今一切变化，又仿佛奇怪地陷于停滞，人们依然居住在旧时代的房子里，和亡魂相处，也带着众多不安和不甘。在这样又老又

　　　　　　　　　　　　　　咔嗒

埃里温的帕拉杰诺夫博物馆

慢的地方，不免感到，生存的本来面目，就是无法忘记和无法磨灭，是承认过去的好无法复制，过去的坏也未必消除。每周 bard club[①]里有五六位歌手轮流演唱，听众不过二十人。这些上了年纪的歌手仿佛延续着 Bulat Okudzhava[②]的传统，自己写歌、弹唱。在亚兰的帮助下，虽然我无法听懂歌词，却也能够了解歌曲的大概。对于现场的一两位歌手，早在来到埃里温之前就已经听过。他们不追求成名，但到来的听众几乎人人都熟悉他们的歌。这些歌，有关战争、失去、理想和爱，关心政治、平民的悲欢，譬如其中一首歌唱道："总统说未来会更好，但未来来得太慢了，和我又有什么关系？"这种纯而又纯的、属于民众而又在幽暗之地发生的民谣和诗，引逗我不远万里来到这张小小木桌的烛光前，为了听一听，在这个人人争取决定自身命运的国度里，音乐如何融进这些虽只是一小部分但无比真实热烈的生命中——普通主妇打扮的女人、衣着朴素的父女、独自到来的艳丽女子、带着妻子前来的瘸腿的知识分子、看起来愤怒而快乐的男孩……他们全都开始和歌手一起拍掌歌唱。我在这些歌声中感到自己被紧紧抓牢的亲密，心在眩晕、跌倒、再度站起，一部分头脑已经得到更新。你不再单单是你，你也是你无法成为的他人所留下的空隙；你是渴望走到他人那里，却隔着一点什么，但每每因为突破那隔着的一点什么而兴奋得手舞足蹈的漫游者。

---

① 吟游诗人俱乐部。
② 布拉特·奥库扎瓦(1924—1997)，俄罗斯诗人、小说家、弹唱歌手。

咔嗒

而终于到了这天,10月20日傍晚,埃里温城内结满了庆典用的霓虹灯,满眼是银色与金色。到了将近十二点,石榴红和金色的烟花纷纷爆裂,我站在阳台上看。住所就位于图曼尼扬大街旁边,四边道路无限上升,把我们包围在一个低凹的核心。四处都有居民和我一样站在阳台上,发出他们自己也无法解释的感叹和惊呼。以山和天为背景,色彩灿烂的火星从黑魃魃的无尽野幕中缓慢滚落,一颗一颗散开为纤尘。我不得不想到,每一个活着的生命都在为这城市的古老增添一个刹那,虽然如此短暂微小,却尽力延长扩展自身,以至于最终坠落消殒。

回声层叠,此起彼伏,埃里温的两千八百岁生日,在这一时刻降临,我在它两千八百年中活过的这一小时,也永远不会再度到来。桌上还躺着亚兰母亲送给我的两颗柿子、两只青橘、一把糖。有香味的时间慢慢流溢,落在所有的阳台、卧室、餐桌和纱帘上,在手风琴的黑暗反光下跳舞,唱一支从里海沿岸到太平洋西岸都会唱的熟悉模糊的歌;在斑驳的记忆里,那联结我们所有人的东西还未失去。但隐隐约约,又有新的联结被捏塑起来,在每一个 bard[①]的喉咙里,在每一本被打折出售、无人在意的旧书中回荡,属于那无限的少数人,是我们最珍爱的,一个人清晨起来行动时从窗外透进来的薄薄蓝光。

---

① 吟游诗人。

欧洲的吃食

一个人住哥本哈根时,早上海鸥大叫,我就从床上跳起来,吃一块黑麦面包、一碗蓝莓(芒果)酸奶拌麦片,开咖啡机喝两杯咖啡,兑牛奶。

有时逛博物馆出来,偶尔是小雨微微,经过拱廊,任雨水断断续续落在头发里。博物馆旁有印度人开的餐馆,烤饼厚而大,卷羊肉、鸡肉,味道浓酽但缺少香料味。有一次吃烤饼,我可以吃三分之二,而同行的来自日本东京的男同学只吃一半,令我很害羞。那一次,我们旁边还坐着一对美国夫妇,他们说只是"路过"哥本哈根,还要坐飞机去希腊。不一会儿,同上暑期课的阿尔巴尼亚同学也进来了。哥本哈根真小啊!最稀奇的是,这位美国夫妇和阿尔巴尼亚小哥一聊,发现他们竟然有共同认识的人,住在阿尔巴尼亚一个小城里。世界太小。

宿舍下面是超市,始终飘着无比清凉新鲜的番茄和奶酪香味。常常买口蘑、西蓝花,也吃土豆、胡萝卜、鸡肉、牛肉。偶尔也自己做

咔嗒

肉酱,卷 taco[1]吃。平时炒菜,主食吃面。在湖北官山时,每天主食也是吃不放调料的白面。在官山,每天有白面做主食,吃笋、荆芥汤,非常想念。

同住的是一位匈牙利女生,我和她只住了两天,因为没有在哥本哈根找到工作,她就临时坐车回家了。她急匆匆走之前吃的是煮方便面,小锅在电炉上,水发出咝咝声,那天房间里的气味我还有些难以忘记。

在神学书店旁边有一个小广场,里面卖很多小吃、咖啡,我尝了一下熏鸡胸味道的开放式三明治,极咸而硬,难以下咽。

后来到柏林,我住的华尔街酒店真是物美价廉。吃早餐时,有时邻桌是美国的游客,我发现他们依然不改口味,径直拿起松饼、甜甜圈、香肠。我和当时的男友会吃一大堆,包括酸奶麦片、各种奶酪、香肠、水果、黑麦面包、咖啡。说起来很可笑吧,这样便可以少吃一顿。吃得不疾不徐,出门也十点多了,博物馆逛到走不动后,就找家餐馆坐下点菜。

博物馆岛旁有家意大利餐馆,那时是下午四点多,餐厅里每桌都点着白蜡烛,还没开灯,在座位上能看到窗外施普雷河的风景。风飘过来,烛焰摇曳不止。那天下午的记忆也是白莹莹的。也许只是因为饿,感到奶油蘑菇面很好吃。

---

① 塔可,(包着肉、蔬菜和辣酱的)墨西哥玉米薄饼卷。

还有一天晚上是吃德国菜，两个人大概都吃了酸菜肘子，我几乎吃一口就要休息一分钟，那种刺激的味道在之后很久仍难以消释。好在我也喝了 Berliner Weisse①。我坐在很偏僻又很靠近门口的位置，餐馆狭小而热闹，能同时看见吧台和餐桌的景观。许多男人不吃饭，只是来喝酒。餐桌那边有许多朋友大声欢笑，有位说英语的中年女人穿芋头紫印花毛开衫，明艳显眼。我们旁边坐了一家人，却交谈很少，显得格外沉默。

　　比较难忘的还有两次吃饭。一次是我在哥本哈根，前夜刚刚发烧还未全好，外面又很冷，刮着风，算是一天下三次雨的天气。在快餐店吃 bagel②，服务员英语口音重，语速又很快，他与我闲聊，我实在惭愧，头一次感到英语不够听、不够说。第二次是在哥本哈根一条非常安静的小街上的意大利餐馆，似乎非常地道，我吃的是菠菜宽面，罗勒、菠菜碎，香鲜异常。(但那天吃完后，却迷路很久。)那家餐馆也很狭小紧凑，从外面看，像极了《寒枝雀静》里的那个路边餐馆。我们发出的大笑，在玻璃窗外的行人听来，是否也分外压抑低沉？

---

① 柏林白啤酒，口味清淡，略酸。
② 贝果，一种圆形面包，源自波兰。

咔嗒

Ⅲ

家

书

抄下来的信

二姐好：

　　两年多没有联络了。最近我已不知该给谁写信。写客套话，在粉蓝色和玫瑰色卡片上，我也给老师同学寄过很多了。这习惯还是在美国养成的。他们逢年过节要寄卡片。我很喜欢搜集这里的贺卡，但我总觉得别人送我的，比我送别人的更好看一些。甜蜜的小房子，珍珠，窗帘，烛光，永远燃烧的炉火，不像卖火柴的小女孩的命运那样凄惨，至少画里都是这样。这里的男孩女孩常用圆珠笔写下好看的、不太精明的圆滚滚字体，我的英文字却怎么都还像是中文书法，断断续续，扁扁的。扯远了。今天拿起笔，忽然想到很久没问过你和父亲。弟弟妹妹都不时联系的，你后来见过他们吗？

　　哥伦布市秋天的光线很柔和，总是有很多云。那么安静的天色下面，却总像是在烧什么东西。房东是印度裔，叫桑德拉，有两个女儿。她们的皮肤在这个季节好像显得更黑了，还带点璀璨的蓝色。

她们还是穿沙丽，没有把衣服改变过来，五月的绣球和天竺葵颜色，或者火红的。桑德拉教我穿这种那种衣服，说这样出门才不会被人看不起，但是她自己一年四季都穿差不多的衣服。

　　夏天的时候倒是有很多蓝天。总之汉口是没有的。只在长春的时候见过，你还记得吧。可是那时，我没有心情看天，印象都很模糊，只记得帮你和哥哥照看不到一岁的楠楠，还有冬天太冷。仿佛总是来不及呼吸空气，没有足够的空气。在那里读初中最后一年，我是很难过的，周围人的口音太不一样了，熟悉的伙伴都不在身边。但是好在吃的东西多了起来，每个星期都有两天能吃到肉。对，是因为你在部队里，我的生活才改善，我才有力气继续挣扎的。生理期的时候——那时只有黄黄的草纸，什么都不够用，衣服常常要洗，手一直生冻疮，晾在外面的衣服结满了硬邦邦的冰块——一座座可以用刀敲碎的雕像。我倒觉得很新奇。现在这样便利，那样的场面，大概是见不到了。楠楠现在也要上高中了吧，还是已经工作，这我全不知道。我抱过的小孩子，长大后没有一个我看得见的。

　　反正在家时我没见过这种纯蓝色的天空，最适合胶卷的，我去年买的相机，已经洗过七八卷了。除了拍四周的城市街道和国家公园自然景色，每次聚会都有人帮我和绵乔拍照。最近照片也没有拍。先前冲印店换了个白人接待员，他不像之前那个黑人保罗那样好玩、友善，看起来总是心不在焉的。有段时间营业时间变化，有一次我没看到玻璃上的告示，就很早过去了，因为我急着要去学校。他明明坐在店里，却不给我开门，也不愿意跟我解释。难道他也是

咔嗒

吸大麻叶的吗？最近干脆关门了，不远的地方开了家迷你冲印店，一个钟头就可以拿到照片，非常迅速。不知怎么的，我却开始不想去拍照、洗照片了。一想到什么人在城市里无缘无故地消失，我就感到倒胃口。

我不该把这件事告诉绵乔，因为他的犯罪，和事实上婚姻的完全终结，我决定再也不会回国去了。一年半来，她总是跟着我，我要回去，她才坚定了想回国。她是家里独生女，生病的母亲也在等她。我把这件事告诉她，弄得她开始决定不回去了，他们一定会生气，会恨我——虽然不认识我。绵乔比我小几岁，除了读书，生活许多事还不十分有主见。她很胆小，不敢晚上独自出门。然而上学的时候做实验，她却很会杀兔子，用刀剥开十分利落，没见到她手抖过，手比血流得更快。我有天梦到我们所有宰过的兔子都变成了裂开红色小口的口罩。上个月她听到我家里出的这件事，竟然害怕得陪我失眠了三天。我偶尔听见她哭。我知道她和另一个男同学要好。可是她已经定下来的。我只是没办法，她不该学我。

这里一切都是那么大，那么开阔，和家里那些街道完全不同。河水冲刷起来的瀑布是清新的，但泛着淡淡腥甜味，和这里的牛扒一样。会不会也有血流出来？我只吃过两次，平时不下馆子，自己也不会做。一次就是导师的助理接我们的时候，一次是圣诞节的派对。你一定觉得我在说时髦高级的东西，其实我讨厌得要命。现在早上吃面包，中午会带饭去，是我炒的菜，每次晚上做了菜可以吃两天。实验室里的美国同事只是吃花生酱三明治加苹果这类东西。绵乔是娇养的小姐，不像我，她时不时地去餐厅吃饭。其他的生活不太丰富，不过光是看看这里就够了，你不知道supermarket①有多大，青椒和橙子都叠成小山状。这里的青椒不辣，非常恼人。

我现在应付日常会话都没问题，电视新闻和电视剧也能听明白八九成。刚来的时候，很好笑的。负责来接我的威廉问我有没有地方睡觉，坐了十几个小时飞机，我竟然一下子哭了，以为对方有什么不好的意思。他一定很尴尬吧，我那时不晓得那句话只是很平常的问我有没有地方住的意思，他是想告诉我哪里可以暂时住下来再租房子。

出了那件事，我反而轻松了。他们要给我搞心理治疗，要让我跟什么咨询师谈谈话。最近半个月也不让我去实验室，说要给我放假。不晓得是怎么了，我只觉得好笑。实际上我感觉好得很，清醒极了，好像以前都在做梦，现在才是醒的。但以前是不好的梦，灰扑扑的，和我们家门前那条路一样，一下雨都不敢穿裙子，只敢穿旧裤子，泥水全溅在裤腿上。

那女孩子是蛮倒霉的。听说她也不完全算是陌生人，是不是和他曾有过往来？一定是有什么严重的纠纷和情节，才会发生这样乍听起来荒唐的事情。我想起另一桩，就是他跟我讲过的，他的同乡战友张宏的事。张宏被间谍拉下了水，那间谍是个女人。三番五次

---

① 超级市场。

咔嗒

地来往后,张宏也就无法脱身了。也许是因为这个,他才会传染性地,莫名其妙地轻视起女人来?我记得他以前总是八九点时去跑步,如果是在操场发生的,那一定是十点钟后,人很少的时候。现在,没有最高法院的判决,也可以被决定吗?这我就不太懂了。不管怎么说,假设我回国去了,该怎样面对左右邻里?虽然和我没什么关系,但是想想他们的眼神,你能想到,先是同情、疑惑,后来甚至是鄙夷。算了,现在导师在给我找出路。大概是可以安排好的,先进一个医院实习。我觉得他们都是很好的人。是不是我太情绪化,吓着了他们?

这半年我混熟了这地方,每周找来报纸,给报纸上面寻找看顾小孩服务的家庭打电话。有一次找到一家,在靠近郊区的地方,他们家养了三只猫咪,因为保姆有急事出门,我去过三天,照看两个小孩子。他们圆滚滚的,金黄色的头发和猫咪融为一体。太小的那个还不会说话,大一点的那个很喜欢把自己和猫一起关进冰箱里,然后让我把他们取出来。

对了,二姐,我不知道你现在住在哪里,我填个旧地址试试。如果你还会回去,就能见到我的信。也许是一个月,也许是好几年。也许你不再回去了,和我一样。不过后来的生命,倒不值得去描述和铭记,值得记得的,是从前的事。你也会同意我的吧?爸说话很难听,叫你不要回去,你真的放在心上吗?幼儿园没有开下去,也不是你们的错。屋子塌下来,方平哥哥也受了伤,我们心里都很难受,爸实在不该说那样难听的话。他对我也一样，巴不得我出事，就因为我和你是最不踏实，最"爱折腾"的。你为了躲避债主，开始东躲西藏后，不知道有没有新的生活，有没有写新的文章和小说？不过，我是看不大懂的。也许你有了新的职业，或许可以积累很多素材呢。或许我这封信，也可以给你增加想象的材料。我是记得那些小孩子的，眼睛乌油油。我去参观过，你还让我教他们画小鸟和水杯。其实大部分人，还是感谢你的，也许想到这些会令你感到些许安慰。

二姐，不管你在哪里，你一定过上了更好的日子。以前那一切事情，再也不会发生了。最近，我好几次去河边，见到了以前没有见过的水獭。对岸有一个黑皮肤男人，他让另一个男人仰面躺进河里，又让他起来，如此三次，这应该是某个教会在做仪式。他们都穿着雪白的衣服，远远望去，只是一些白色的帆在水上。我也掉进了河水中，被另一些人捞了起来。起来后，我只是坐着晾衣服，从里到外地，除了内衣全都脱干净了，也没有人觉得奇怪。我感到自己已经完全生存了下来。挡在我和河水之间的事物不再存在。忽然，我却看见他们在对我微笑，这些黑色的人，洁白的牙齿和手心，令我感到无比熟悉和亲切，因为他们看我，有和白人不同的目光，仿佛是比较柔和、带着点神秘、亲近和微微的嘲讽。我这才想起，我永远也不会回去了。但是，回到熟悉的人身边并不是生命里最要紧的。是在河水中，我感到自己充满了崭新的生命，和从前那些可以看见的、可以计算的东西一样重要。爸身体还好。我偶尔还会梦到妈。你一定要记得，如果我有一天还能见到你，还能让你发现我把什么都给忘了,你就像以前那样,让不懂事的我站着不吃饭,给我一些教训。

这次说得太多了,下次再谈吧。

敏敏

1989 年 3 月 19 日

于俄亥俄,哥伦布

被遗忘的俱乐部

在成长小说般的漫长时间里压迫着我的往往是一些"真实"的匮乏。那时我根本不了解柏拉图，不知道什么摹仿。但隐隐约约地，我明白真实并不是那样容易得到的东西，甚至我只是在它的外部打转。

对我来说，供人接受"训练"的学校无非是这样一些并不真实的玻璃房子。那时你所能做的唯一事情就是上课，模仿，讨好评分体系——并且常常是不愿讨好的。因为缺乏娱乐，我总是在课间休息时做作业，或许比其他人稍早一些做完作业。这一切使我顺理成章得到过得去的成绩，但兴奋却是从来没有的。我们做扫除，画黑板报和宣传画，我花了很久才能接受这种制式的画上的小人眼睛总是没有瞳孔的，像一个黑色荸荠。我为了画好它而战战兢兢，因为它总是会被裱起来挂在墙上。

但在这个居所，在我所居住的一小块范围以及它所在的这片社区里，生活的气味是不同的。在这个城市和任何城市的其他部

咔嗒

分，人们只是部分地居住在某个小区里，但对于这个社区的人们来说，他们始终在这里生活和工作，几乎没有缝隙地存在于这个空间。他们彼此协作，在某个巨大机器中扮演不同的齿轮而运行，轮流在大地上出勤值日，交换着彼此的劳动成果，根据精密计算掩护那些并不完全坚固的潜艇，把枪支放到它们应该被放到的地方，背着沉重包袱列队步行轮换宿舍的位置看守贵重仪器，测试着酸碱度对船体的影响，并偶尔散漫地练习大舌音、小舌音和同样富有弹性的摩尔斯电码。它们明晰地摆在我面前，就像一张报纸、一张宣传画、一张充满细节的地图。可我永远也看不见藏在它背后的车间，从未摸到它真正的心脏。

我听着这个机器日夜不息发出近乎无声的响动，常常感到心悸的热情和朦胧的忧惧。或许这么说不准确。它不仅仅是机器，而是一个生命体，超乎人类的、栖居在海洋下面的庞大黑暗生命，驱使着地面上人们的呼吸。无论我怎样名列前茅，怎样根据长期对电影的模仿拗出貌似自然顺滑的英音，怎样写出词句优美的范文被人朗读，那都是空虚与徒劳的。我们缺乏希望，却把乐趣当成了希望。我们生来就是这样。我当时无法说出这一点，可我隐约地感受到了它。这种无力又催生出没有来由的热情。我明白，在这一切之外，还有一个我还来不及完全认识的世界。

那时中午出门吃饭，我总是看到一个女老师在中学附近的餐馆里独自抽烟。我很想同她打招呼但并没有，因为学校里总是两三个女生一起行动，独自游逛仿佛是可疑而可耻的，尽管她们也没把你算作完全的"自己人"。继续独自行动只会加剧这种可疑。我也总是从学校门口卖红糖蒸糕的人那里买几块，即使吃不完。他是个外乡人，常常是面无表情，但也并无忧虑。很少有人去买，实际上他的蒸糕很好吃。我想让他感觉到一切或许并不那么困难。买完蒸糕，深呼吸一口气，我就走进那个无序而狭隘的空间里去。我只是刻度仪器上不存在的影子。

在这个空间里，一些试验与理想像一张松散的网在我们面前飘浮移动，但只是为了等待游鱼猛扎进网中的一刻。你不仅要在分数上无可挑剔，也要足够恭敬有礼，若因获得成绩而表现出怠慢，只会成为被教师奚落的对象。尽管我深知这些没完没了的背诵终究有一天会被抛诸脑后，烟消云散，留不下任何知识的印痕，可还是毫无办法拿起书本在走廊中反复温习太平天国失败的原因。早自习时，我已经把中学里的人上下打量了一遍：他们的衣着，他们的家庭环境和生活事件，若有似无的恋情和仇恨，一些叛逆和愤怒的萌芽。似乎只有如此，我才能度过无比枯燥的十个小时。

我并不喜欢来自美国寒冷城市的特雷佛。他看起来不过二十出头，自己还是大学生的模样。冬天依然穿着短袖，身材异常高大，但脸色苍白，戴着深度近视眼镜，并无健硕或活泼的气息。他从神学院毕业后来到遥远的中国中部，不知为何，那时官方与学校似乎并不在意神学的麝香颗粒是否会慢慢渗入我们唯物主义的洁净脑壳。他把共和党和民主党的政策逐条列举，并不写出是谁的政策，让我们分别投票。最后他发现共和党候选人得票更多，而这与当年

咔嗒

的美国大选结果恰好相反。我不知道这个课程设计到底有何意味，但至少对于中国人来说没有什么意义。特雷佛面色凝重地发表了对那名"年轻而体面"的黑人总统的批评。在期末口语考试中，他挨个把我们叫到门口回答问题。而我抽到的考题是描述美国普通人如何参与普选投票。那或许是我得分最低的一次英文考试。

与十分热衷散播德谟克拉西理想，批评着民主党，但又同时掩盖了传教士身份的特雷佛相比，孟老师显得更为笨拙、直接，乃至急躁。他试图在我们那不可救药的愚钝头脑里播撒一些类似于"思想"的种芽……他不爱穿其他人穿的那类衣服——把衬衣和polo衫扎进系腰带的裤子里那种——而往往是没有腰带，胡乱穿着T恤，甚至穿着凉鞋和拖鞋来到教室里。他本来就更加引人注意，并且我立即喜欢上了他的言谈。他教授的是历史，但时不时愤怒而嘲讽地谈到时下发生的事。

孟老师来学校不过三个月后，校方将我们组织起来谈话。谈话是分别进行的，挑选了大约十多个学生代表，其中也包括我。我们轮流走进教室，和教务主任、班主任、年级组长见面，发表意见。他们问：他在课上有没有什么不妥？上课会迟到否？批改作业认真吗？对学生有没有明显的偏爱和不公平？身为班干部的我只是机械地回答这些，否认了任何指控，但似乎无法再说得更多了。我苦恼地走出门去，几乎是把门摔上的。我问等在我后面的一个学生，他会怎么说。他只是耸了耸肩。

第二个学期，孟老师终于还是离开了我们。这或许是改变我想法的一件事。深刻的危机涌现：我无法维系和改变任何东西了。书读得很好，又怎么样呢？从那以后我便不再读书。我不喜欢那一切，也不喜欢处处给出评价和被评价。也许我不属于这里，不属于任何地方。这种感受长期缠绕着我。

坐在学校里，我就盼望早点回到那另一个空间，在那里，在那个巨大幽暗生物的边缘，人们彼此像古米廖夫羡慕的砖块那样紧挨在一起，但并不彼此过分注意和相互依赖。它像一栋规划异常有序的房子，我不需要为谁辩护，或得到谁的辩护。

但在这机器中，也有无法被抚平的窸窸窣窣的声响。部件在开裂，末梢在震动，海底的海床微微起伏，这起伏的能量又慢慢被消耗殆尽。譬如艾涌，快乐的高个子军体教员。不仅快乐，而且也很漂亮：他深眼窝、高鼻梁，而且在军人中肤色罕见地偏白。他的快乐也有间隙——因为和人打了一架，他被停职，虽然实际上只持续了很短的时间。那时我见到他，他不再开显眼的吉普车，不再把军装穿得整齐，常常松散着领口，也不再说他说不完的顺口溜和歇后语。但他依然把我当作成年人那样和我握手，后来再也没有的同志之间的礼仪。

那时没人会因为过于严厉地对待学生受惩罚，我记得艾涌也是这么对待学员的。不达标的学员会被他以各类方式摁进水里，感受濒临窒息的痛苦——或者刺激？难以解释地，往往在快乐的人们身上，你都能发现某种耀眼而残酷的东西。不在工作的时候，他们就一起喝酒，开一些有地方特色的玩笑。每个人都分到了越来越

咔嗒

多的财富。以前那些空旷的道路消失了，树林空地也渐渐缩小，它们停满了车辆。几乎每一条路的路边都被私家车占据。

米松不像其他人那样，他与他们一起行动，一起吃饭，但他仍然不像他们，而且也没有车。我知道他的名字，是因为有一天和父亲一起在街上遇到他。他早已和原先的妻子分开，独自生活。他面容很温和，似乎从不会发脾气，不残忍。他走路慢慢的，常常带着非常微弱的喜悦神情。他不理解艾涌的那种残忍，甚至完全不需要它。米松每天和化学仪器待在一起，他的大部分工作是分析事物的质地、材料的性能，研究如何持久对抗祖国广阔无际海域里的船舶悄无声息地锈蚀。

但在家附近，在他们常常聚餐的露天餐馆，我见过这样一幕：椅子歪斜了，米松带着嘲讽的神情望着艾涌，并把酒倒在地上。后者似乎并没有什么情绪。究竟发生了什么事？当时的我还猜想不到。也许这和艾涌过于漂亮的外表有关。

两年后一个秋天的傍晚，我照旧坐在狭小的书桌前，突然抬起头来，出神地观看窗外已经垂下叶子的暧昧水杉轮廓和渐渐深沉下来的清冷夜幕。父亲穿上他多年未穿过的暗灰色呢子西装，沉默不语地坐在冰凉凉的、入秋后刚铺上软垫的木头沙发里。时针慢慢滑向七点。那时我猜想，有什么不同寻常的事情发生，但他不愿告诉我。几天之后我才明白，那天晚上米松离世了，为数不多的十几个同事从家中被召集起来去医院道别，这其中也包括艾涌以及米松的前妻。他长期接触化学物而在四十多岁时患上了不治之症。他们围在他的病床旁边，而他年老的父母还在路上。

得知这小零件的滑落，我并不很难过，但眼前世界的颜色和距离变化了。我开始前所未有地在早上四五点钟醒来。望着天色一点点亮起来，光线来到原本在黑暗中的书柜，逐次照亮那些无人在意的名称，我感到正在增长的焦渴与遗憾。

多年后，我知道艾涌接受了审查，陈年的银行记录被检视，曾经得到的重重奖励也成为岌岌可危的证据。他在宾馆软包小房间里待了半年才离开——尽管活着，仍然强健热烈地生活着——这时我仍然会想起那个清冷的秋天晚上，想到早早离去的米松。他活过的人生是否太固定，甚至重复？或许这并不要紧。在这以后，我更想早点告别家里的纷争与庇护，告别学校里的一切争风吃醋和自我审视。我脱落了，再也无法回到那种轨迹之中。这样半陌生的人离开，不知为何也带走了我还没来得及在工作和劳动中拥有的"意义"。从被遗忘的俱乐部，从那巨大齿轮里掉落的纷纷细沙和落叶，落在无人注视却十分安宁的草坡上，发出很轻的，但使人痛苦的声音。这是不一样的，因为我听见了它，我的确听到过。

咔嗒

罐头

　　张青知道他会离开家，不再回来。那里只是弥漫着终年不散的发霉的味道和纺布的声音。屋顶明瓦漏下的光线让人想起冬天也只能穿一层的打补丁单衣，是灰色的、像抹布一样不明朗的日子。

　　很多年后他才读到西西弗斯这个故事，而一读到，他就想起纺车。早上五点钟他醒来的时候，母亲的纺车就在响了，而晚上九点半上床的时分，纺车的嗡嗡声也没有停止。她的辛劳让他感到无比羞愧。他没办法帮她脱离这劳役。

　　在上学之余，张青唯一的爱好，除了写毛笔字以外，就是从镇上借书回来看。他最爱看的是鲁迅。"如包藏火焰的大雾，旋转而且升腾，弥漫太空，使太空旋转而且升腾地闪烁。"唯一让他觉得光亮的，除了这些字句，就是母亲在夏天的时候为他摘下的栀子花，银白色的火焰一般，在他单调贫穷的床头香气逼人地闪烁。

　　从越南的广渊县到重庆县的那一个月，根本不可能吃到什么好吃的东西，他从二班长赵岩那里，用一包香烟交换了一些本地的菠萝罐头,算是得到了珍宝。二十天没真的洗过澡了。这菠萝罐头他只吃了里面的两块,就不舍得再吃,一直带在挎包里,已经带了七天。

晴晴是和张青定下过摇篮亲的。他们长到了十五岁的年纪,约好了要把这亲事退掉,但还没找好时机向长辈开口。在那个年代,摇篮亲的遵守,已经不再是十足的铁律。他一心想要离开这地方,而晴晴爱慕的另有他人。

到了十六岁,她开始让他帮忙给已在部队里做班长的赵岩写信。赵岩比张青大三岁,曾经是学校里文艺宣传队的骨干,能拉动听的二胡。军队里的人来自五湖四海,晴晴觉得信给人知道也没关系,但在老家,她还是不愿让周围人知道她正与并非定亲对象的男人密切来往。

一开始,他不好意思帮女子做这些,但后来还是答应了。因为从小和她相熟,又因为之前帮忙代人写信的初中语文老师退了休,离开了这个镇子,不再帮乡下人写信。晴晴的信往往是写一些这样的话:"我上礼拜看过你母亲,她的哮喘好一些了。""家里的母牛下了小牛,非常可爱。""在集市上给你买了你最爱吃的水果糖寄去。"后来,他们出征之前,她哭了一天一夜,但是没人知道这些。

那个教语文的韩老师是国民党军官的遗孀。他们上学的时候,她已经五十多岁,面色苍白,不苟言笑,人很斯文,戴着厚厚的眼镜,但脑子似乎并不像看起来那么清楚。她比谁都更喜欢思想教育,仿佛要证明自己已和过去的身份完全脱离了关系。他本来最有

咔嗒

语文课的抱负,也最喜欢文墨,一般来说作文都得到优等。有次韩老师为他批改作文,对他流露的思想不满,便给他写了这几个红字:"向陈天德同学学习。"

陈天德成绩很好,字也很漂亮,对他这种家庭的少年来说是难得的。但因为出身比中农出身的张青更好,平时待他有些傲慢,这句评语,自然令他非常不服。他忍不住拿出钢笔,在红字下用力地回写道:"向雷锋学习。"用这句话表示反抗与嘲讽,等待下次给她看到。后来韩老师便冷冷地对他,他心思也不再在读书上了。

毕业后他才知道,他"结拜"的四个兄弟里,一个溺水,另一个成了杀人犯,莫名其妙地掐死了一个十二三岁的女孩子。还有一个只是在乡下继续种地。他觉得自己绝不能再在此停留了。

读完初中,在家待到第二年夏天,征兵的时候,他瞒着父母报了名。他离开家的那天,母亲大哭不止,毛发参差的小黑狗一直在狂吠,怕他不再回来。他不忍心多想这些,就在哭声的背景里,背着本来不多的几件贴身衣服,还有母亲早上给他摘下来的栀子花,匆匆离开了家。

坐在卡车上,他拿出他几年来一直在用的日记本,打开又合上,掸掉上面的尘土。他只想加速离开这个村子。这日记本是他自己制作装订的,打好孔,用废弃鞋带穿起。

他开始学习听他以前不熟悉的所有方言。在北方冰冷冬天的旷野上值守,一个屋子里的人轮流起来上厕所,每一次都把室外的寒气带入室内,让他从冰冻的梦里醒来,但似乎这也比在家时更好，因为他拥有了类似于未来的感觉。他们把黑夜围在他们中间，其余的地方都是安全的。他把中学同班的兰珍寄给他的十三封信一封一封地烧掉了，连同她的相片。飞起的火焰明艳耀眼。大家映着这火光谈论各自老家的事。

他学会了唱歌，真正意义上的歌；跟炊事员学会了做菜，还学会了做当地人吃的馍馍；他的音量提高了一倍，已不习惯低声说话。只要在路上遇到战友，就会像有磁铁吸引那样不得不并排走在一起，这是规定使然。

参军六年后，日记本变成了随身携带的口袋笔记本，最近的二十页，都是战地记录：每日子弹、枪支"收支"与人员伤亡，但偶尔也有他自己胡乱涂画的词，是他语言的断片状态。"干支""浮桥""面孔""没有斑纹的老虎"。有一天经过玉米地，他画下许多细小的线条，含义无人知晓。

这天晚上需要赶路，不得不急行军，但他们一个连一百三十多人，仿佛要努力"屏住呼吸"地隐藏自己的脚步，才不至于发出引起敌人注意的声响。雨已经断断续续下到第三天了，淅沥的雨水替他们洗澡。连队里有七个生命已经脱离身体，二十一个人失去完整的四肢。这些，都被他记录在小本子里。

雨水的毯子可以遮盖他们的声音，包裹他们的棱角，枪支相互碰撞的咔嗒声因此也变得柔软。这令生在潮湿地带的张青第一次发觉自己并不讨厌下雨。他曾经和二班长赵岩同在一个班，用枪都是二班长教的。他因此学会五六式步枪、五四式手枪、冲锋枪的用

咔嗒

法,还会蒙住眼睛拆卸和安装枪支,成为班里的文书兼军械员。蒙住眼睛的时候,他仿佛又长出了一双新的看不见的眼睛。

第二天晚上,这种亲切的黑暗中的温暖又回到他身上。他能听见完全无视这场战争的猿猴的啼叫,甚至能听见草丛里蛇窜动的声音。山里的极端寂静和令人惶惧的窒闷烟瘴,是生活在平原地带的他所不熟悉的。雨暂时停了下来,他们只是一大团更坚硬的黑暗,在浓雾的背景里移动,是一个身体上的众多神经元。水汽完全湿透了他的帽子。他前几天获得的战利品是一只手表,被他塞在挎包最底部,或许已经不能用了。

连续行进到第十个小时,白铁小桶持续嘎嗒作响。为了安全考虑,最前方的三班长往后传话说,把干粮桶扔掉。可是这班长是四川人,便说成"把干粮桶桶扔掉",于是干粮被统统扔掉。第二天他们不得不挨饿一整天。掩护舟桥部队架设浮桥的时候,他仿佛回到他从未去过的年代。战士们忙了一个晚上,就有可供坦克行进的浮桥被建设起来,人力的汇聚如何可以让没有形状的水流变得坚硬,这给他带来迥异于个体世界的惊诧与恐惧。

他像是连续二十三天没有睡着,又像是已经做了一个超长的梦。他梦见高平春天的清晨,似乎比前一天更冷,他们忽然行进到晴朗的山间,周围生长着有着小恶魔脸颊般的兰花。很多年后,他知道那应该是兜兰。还有别人告诉他是罂粟的花朵,它浓烈的色泽令人有想要抚摩与碾碎的冲动。本来黏在身上的衣服已经完全干透。

他们来到一个村子，村民仿佛全都逃离了，只留下刚刚还在炖煮的食物，香气强烈而古怪，是没有人闻过的味道，一只鸡泡在黄得耀眼的汤汁里。然而即便饥肠辘辘，他们也不敢吃当地人留下的东西。

忽然传来一阵并不密集的枪声，他赶紧低伏下来。村子里还有人想暗暗击杀他们。二班长带领所有人去歼灭。几乎没有折损什么。

后来，在死去的越南兵身上，张青发现一把漂亮的匕首，牛皮刀鞘的米白色缝线已被血迹染红。刀鞘根部印着笔画粗拙的两个字："腾冲"。刀背附近有一串如同栀子花瓣的波浪花纹。刀身上标注着日期，"22.12.65"，也不知是谁刻上去的。乌黑的刀柄上排列着三个银白色的圆点。牛皮刀鞘带着一个用来固定的白色绳扣。他拿手帕擦了擦刀鞘，把它收进了自己的背包。他想象着越南兵和这把刀的联系，就像回想兰珍曾经写给他的那些信，但是现在已经一个字也想不起来了。也许这个死去的人和腾冲也有着什么亲缘关系，但不管怎样，他要把这把匕首带回到它原来的土地。

刚刚倒在地上的二班长，眼睛依然流露出光亮，像乌鸦的眼睛，直到它们完全熄灭，和黄昏融在一起。张青把菠萝罐头拿出来放在他身旁，然后紧紧握住他不再温暖的手。他觉得自己不该从他身上拿走好运气。出征的时候虽然都写过遗书，但是他答应过晴晴，要看顾好二班长的。

他还来不及感到痛苦，只是瞬间想到，这世界上，又多了一个彻底失望的人。

舅舅

    已经两年没见过的塔隆偶尔还和我微信联系。上周他发来照片告诉我,时隔一年半,他终于费尽周折辗转回到家里,打算休息一个月再回来。塔隆在一座离我很远的城市读文学博士,对于未来要做什么还很不确定。他偶尔也写诗和小说,但并没有流露要成为作家的打算。他常常以自嘲的口吻谈起自己眼下的事业。隔离改变了所有人的生活,回乡的机票变得异常昂贵,旅程也更加漫长。从照片里看,在他们的那个国家,在他的城市,人们都不戴口罩,生活依然是以前的模样。我仿佛回到了在那里度过的短短几天时光,想起了他在秋天布满短促棕褐色小草的白垩色丘陵包围下,对我缓缓讲述过的一切。

    "我有时怀疑舅舅还在我看不见的地方生活。"

    我们两个刚刚在他家里吃过午饭出来,往郊野的方向走去。他母亲是个热情、略略发福的女人,八十多岁的外祖母看起来很慈善,但很沉默,似乎不愿和人多接触,常常看着远处,沉浸在自己的意识中。

看得出房间本身很旧,但应该是近年装修过的,壁纸很平整干净。墙上有一面钟,人们不说话的时候就发出较为明显的嘀嗒嘀嗒声。这面钟的不远处是橱柜,里面有些书、照片和纪念品,小卧室里靠墙的地方也堆满了书。橱柜上摆着一张尺寸不大的暗淡的黑白相片,并不显眼,然而一旦发现,就会让人忍不住时不时去看。过去的时光在上面凝固,一堵看不见的墙把我们和照片隔了开来,一个不再存在的时代和另一个时代强行焊接在一起。从我坐着的餐桌看过去,画面中是一个看起来二十岁出头的年轻人,穿着冬天的大衣,他眼窝深陷,半侧面地对着镜头,似乎望向远处。塔隆一直在用家里两个女人听不懂的英文和中文跟我讲话。他低声告诉我,这是母亲的弟弟卢本,早在三十年前就不在人世了。至少他们是这样相信的。

出门后,我问为什么他舅舅不在了。

"因为,"他说,"很多年前他被抓起来关进了牢里。因为他参与了黑社会。但是谁知道呢?那个时候,一半的人都和黑社会有关系,可是别人没有出事。他坐牢半年就莫名其妙地去世了。"

"舅舅不相信无神论,他相信基督。他还会一点拉丁文。听说他上了大学,学了法律,他不喜欢这个专业,常常说自己学的东西没有用处。过了不久,他就和父母口中'不三不四的人'混在一起,那种人都有粗大的文身,但母亲说,舅舅没有,还和以前一样看起来很文雅。"

咔嚓

远处山坡的矮草被风微微吹动，更远的地方升腾着白色的烟雾，空气微微有些湿润。很多木屋像是无人居住，还有些黑压压的大房子，看起来是废弃的工厂。

"你见过他？"

"不，我不可能记得。他去世时我才两岁。他帮助过很多人，不过他的权力没有他的首领那么大，他只能从很小的地方帮助别人，但是那个头头就可以从很大的方面帮助。"塔隆的汉语和英文在我听来就是这样，很准确，不过也有一点奇怪。

"比如，这些黑帮首领可以让即将失去自己住宅的人把自己的房子保住。还有，如果有一座污染很大的工厂即将选址在一些居民住宅附近，而有人向他寻求帮助，只要有足够的条件，他就可能向政府施压延缓或调整计划。不过，舅舅很可能还接触不到这些事。他所做的就是帮他们弄到一些平常市场上弄不到的商品。他从不抢劫偷窃，更不会杀人，只是负责收税，然后把所有的钱汇聚起来，帮助一部分人继续他们争取独立的战斗……总之，他大概会觉得，自己正在让这片土地变得更好。"

我们步行回到城里，已是下午三四点钟，是秋天气温最好的时刻。街道上每隔几十米就会有一张长椅，除了马路和人行道，城市充满了可以闲坐的地方。半数的椅子上都坐了人，有老年人，但更多是二十岁到四十多岁的人。他们吹笛子、拉手风琴，或者只是闲聊，发呆，开玩笑，打量着周围毫无特点的过路人。

"你看，那个卖家具的人，他这个时候很懒散，但是到了晚上八九点就会兴奋起来。他会带着一个美女去酒馆里谈生意。在冬天之前,这里的人都晚睡晚起。"

"你认识他?"

"不,我不认识。"

"那你怎么知道他是卖家具的?"

"因为卖家具的都打扮成这样,栗子色的西服,闪亮的腰带、打火机,头发梳得很光,但不是太有钱。他没有一辆好车,神情也不是特别自信,但要做出让人非常信赖的样子。"

我又转过去看了看,他描述得非常准确。

"你知道,在这里你就会渐渐知道谁是干什么的,因为人太少了,而且世界给你的选择也很少。即使你从来不和对方说话,你也会因为频频见到而记住他,了解他的职业,甚至私人生活。"

街面充满银色落叶的反光,菱形和椭圆形的光斑跳动着,远远看去整条街就像一张旧报纸,街上的人也和落叶混为一体,下一秒就会被风刮起吹走。就在这时,远处走来了一个人,还有十米远,他就开始跟塔隆打招呼了。他们用自己的语言说了几分钟话然后道了别。我问他那是谁。

"哦,我的高中同学。他刚刚跟我谈了谈最近的局势。几乎每个人都会跟你谈这些。一旦你有了选择的权力,你就会关注每件事,即使你并不能真的左右它的结果。比如新的办公大楼怎么样,到底该为此起彼伏的战争花多少钱,还有被毁坏的教堂到底该由谁来修复……以至于最后,你不明白什么是最重要的,而什么是相对次

咔嗒

要的事，人们争吵不休，但问题不会解决……"

听他说着，我感到自己实际上早已变成了碎片，分散在不同的地方和时间里，有的部分还在进化，有的部分已经僵硬，甚至萎缩了。这些不同的部分，也彼此争吵，不能协同一致。

环视四周，很多商店没有开门，除了理发店。它们光亮崭新，显然很多是开了不久的，几乎每隔两百米就有一个，我将它们和小城的人口对比，不禁担忧它们的生意。

"有很多人愿意去理发店打扮自己？"

"不。"

"那为什么他们还要开这些店？"

"为了让自己觉得有事可做。"

"他们是怎么活下来的呢？看上去很多人没有工作，至少没有全职工作。"

"他们可能会干点零活，做点小生意，旅游旺季就开车拉客，有的卖首饰、地毯、干果、咖啡……也许还有身在外国的亲戚接济……我不知道。的确人人都有办法糊口，每一天都能强健地活下去。他们似乎并不为什么特别忧愁，除了我之外。"

我觉得他描述的也是我自己。我们一起走回他家，我先前没来得及看清的那座小楼，灰蓝色的五层小楼，楼道并不平整，还有若有似无的难闻气味。但是他位于二楼的家明亮、整洁，有着橘黄色的窗帘布和散发光晕的刺绣沙发巾，漫长等待的光辉令它们柔软。

"无论如何，我都会定期回家来，但似乎她们有些不放心这一点。只要看到舅舅的照片,我就仿佛看到了那个空缺的餐桌旁的位置。她们不愿意提起舅舅,但是也会偶尔暗示她们还很想念他。说起他,就好像在说一个带来甜蜜回忆的亲戚。

"她们先是在忧伤中等待我回家,过了没几天就高兴起来,母亲还会请老同事老朋友来家里玩。他们大声交谈,打牌,仿佛当我不存在,我也用不着和她们说什么。等到我打算再次离家,她们又变得安安静静了。"

此时,塔隆带我去他的房间,从抽屉里拿出一个小本子。他告诉我,那是他找到的舅舅的日记。他翻译了一小段给我听。

星期天。今天没有去"收税"。我去看了看亚伯的父亲,他精神有些问题,而且一年前查出得了癌症,他们家就在离那座化工厂不远的地方。似乎是他妹妹和他住在一起。他不知道亚伯去了新大陆,再也不会回来了。他说,他不能离开他的屋子,神在周围画了线。如果有人能接替他,他才能出来。于是,我坐在他坐的椅子上,让他出门走走。

"日记到这里就结束了,后面什么也没有。"

"那你到底为什么觉得,舅舅还活着呢?"

"我不知道,也许是,我有时候看见屋子里有男人活动的痕迹,或者我能感觉到,比如刮胡水的气味,水池上不同于母亲和外婆用的牙膏的痕迹,偶尔还有烟味,但是她们和我都不抽烟。"

咔嗒

"也许是朋友，或者你母亲的什么……"

"不，她一直否认，虽然我也怀疑过这点。只要外婆一想起她失去的儿子，就还是非常悲伤。我也因为这个而觉得更应该多回去看她。

"有一次，我兼职做导游，带几个短期旅行的中国人去一个古城逛逛。对，就是我们来不及去的那个古城。残余的城墙像是鲸鱼骨头……在讲解完大致的历史背景之后，他们说要自己花半小时逛逛再过来找我。忽然我在那里遇到了一个人，让我觉得非常熟悉。但我并不敢确定自己的印象。他似乎认得我，问我这些年在干什么。我觉得很奇怪，问他是谁，但他仿佛没听见我的问题，他告诉我：'我现在在另一个国家生活，那里没有黑社会，也没有贫困，大部分人都能过上物质充裕的日子，金钱把人们联系在一起，他们为了共同的目的而努力。不像在我们这里，人们总是想到去别的地方，更好的地方。只有这里的城市，每一年人口都在减少，家庭分崩离析，但是只有这样，这些人才能生存下去，因为这里的生计越来越没有希望……工厂开起来，又不断倒闭，人们也不愿意消费，有知识的人都离开了，去别的地方展开研究。算了，还是我现在生活的地方更好。'他说完了这些就默默地走开了，也到了我该把客人带回去的时间。"

"你觉得他是……"

"我不知道，我觉得他描述的可能是三十年前的日子，不过也和现在的状况差不多。就是这个人，让我觉得他可能还活着，但是没有人会把我的话当真。"他停顿了一会儿，"我该送你回去了。对，就去那个汽车站。你看这周围的建筑都是旧的。如果从细节来看，一切都改变了，但是如果从远处看，一切都没有改变。那个最大的霓虹字，他们没打算换掉那些使用了几十年的字母，把它换成我们自己的语言。话说回来，就算舅舅还活着，他也没有用处，他没有读完大学，什么也不会，他只想帮助无力的平民，但现在谁也不需要他的帮助了。"

这个悲伤的故事充满了我的心。临走时，我有意又走近了点看客厅里的那张照片，却发现照片里的卢本舅舅和塔隆长得几乎一模一样，只不过那照片的确很旧，而且两个人发型也不太一样。塔隆的母亲和外婆似乎发现了这一切，她们露出惊讶的神色，仿佛不明白我为什么会对这张照片产生惊奇。

咔嗒

纳苔的早晨

虽然是冬天,但这一阵子,我们每天都会出很多汗。我们移居到这片草原十多天了,这些日子一直在下雪,虽然是盐粒那样的小雪。没人知道什么时候会结束。这草地是我们旅行抵达过的边缘,前面就是图特的领地了。我们日复一日地吃北方人习惯了的土豆和羊肉,寒冷的天气和粗粝的食物让所有人都变得比平时更加凶悍而无所顾忌。

有一天,我们遇到了一种石头堆成的长长的墙,也许是和东边的长城相类似的建筑吧。不同的是,这些墙上面封闭,中间由小小拱廊一般的小空间构成,它太窄小,以至于无法骑马穿过,只能一个人一个人地步行穿过。今天是真正要对阵的日子,天还没亮我们就出发了。我们的马特别善解人意地翻越了这座石墙。也许,枭部落的子民们并不了解,这些南方的马的体格是多么灵巧、多么善于攀缘高处。它们像小鹿一样轻盈,几乎可以飞翔。等它们全部越过这面墙,太阳也就完全地露出了地平线。

你不必觉得奇怪，我们这个军团都是些女孩子，看上去没有多么强壮和特别。我们也不是什么亚马孙人。我们的王族居住在潮湿幽暗、长满柑橘和柚子的丘陵，那里的树木遮天蔽日，几乎从来没有透彻直射的阳光，因此我们的皮肤也比相邻部族更白。在这里，所有人都很相像，不会与自己人争斗，也不会拥有孤独的私人世界。当然，这并不意味着我们没有性格和差异。比如纳美，她是我的导师——也就是教我使用各种武器和训练身体技能的人。她比我更加冷静，几乎都有些冷淡了。她肤色近乎纯白，脸上有淡淡的雀斑，头发是棕色的，而我的头发是黑色，皮肤也只是和其他人一样普通的象牙色。纳美最擅长的是攀爬和各类需要柔韧性的任务。我个子小而又有力气，因此她们总是把那些特别需要敏捷的任务交给我。是的，我们从小被培养的最重要的"性格"，就是我们的禀赋、体能和技艺，它们有些是天生的，也有很多是来自后天的努力。能够完成什么样的任务、完成的品质如何，甚至我们对这些任务的专注和喜爱程度，都被看成是每个个体的独特魅力。

我们穿过墙垣就骑上马跑了起来。一切景象都迅疾地移动着，一切都比我想象的更加令人眩晕。我仿佛从来没来过这里：墙垣之外是另一片完全陌生的天地。我发现我们身处一片略微下凹的谷地，两旁是隆起的高地，全都披着短短的、金绿色毡毛般的青草。

不知何时，小雪像奇迹一样悄无声息地停下了。视线好像突然变得清晰，一束束粉色的光开始从冰冷云层后面泄露出来，像溪流一样淹没我们每一个人。在南面的高地上，一些我没有见过的奇异

咔嗒

建筑的残骸矗立着,有点像小小的神庙。这些清冷的砖石仿佛被掏空了血肉的细瘦骨架,从它们的结构和残存的装饰来看,原貌还并不坏呢。光线就从这些断壁残垣之间渗漏下来,建筑的轮廓因此变得漫漶,反而更显壮丽——我从来没有见过这样的景象。说实话,这是我第一次见到如此明朗彻底的朝霞。在我出生的地方,天空永远是雾蒙蒙的,万物都像要滴下水来。你看不到所谓的土地与家园究竟是什么,它们就像置身于狂怒的自然的意志之后,置身于几乎不可抗拒的暴风骤雨和洪水山崩之后。可是在这里,自然的形象即使充满暴力和贫瘠,也毕竟是赤裸地展示自身,像一条孤零零的大鱼,等待你亲手让它干渴而死或者让它复活。最为奇特的是,当我稍稍注视这些云霞,就发现它们并非相对静止,而是充满变化。猛烈的风把云吹得很快,紫色的云盖过金色的,而粉色的又最终盖过紫色的。

　　这一次我们打仗的起因是——这听起来是一个古老而千篇一律的原因——一个部落头领冒犯了我们的女王纳茹。我忘了告诉你,我们没有婚姻,甚至总是嘲笑那些有婚姻的部族。不过,我们也偶尔恋爱,或者和远方来客生下孩子。我们的孩子都是女孩,至于这是为什么,我想你要去造物主那里询问答案了。去年,我们的女王纳茹爱上了一位从北方旅行而来的英俊的客人。纳茹教他分辨各类花朵和它们的味道,教他从三十米高的树洞里取蜂蜜。客人和女王朝夕相处了一百多天,连口音都有些改变了。纳茹发现自己有了孩子,一高兴就把一片本就没什么人住的土地送给了他。后来,纳茹才知道他就是远方枭部落的王子图特。他接到消息说父亲猝然长逝，就暂时回家去了。他再次返回时又带来了几位新的首领治理这些赠给他的土地，但又悄悄地吞噬了更多的土地。不仅如此，我们不久前才发现，他早就有了个妻子。尽管我们不像他们那样遵循婚姻的律法，可是谁都认为欺瞒是十分严重的过错。在图特后来露面的时候和他叫人送来的信里，那话的口吻仿佛把我们看成了和南部的猿猴、峡谷一样供人观光的某种粗鄙女人。纳茹决定教训一下这些傲慢的北方人。

很多年来，纳茹就像姐姐和母亲一样照顾我。她刚刚三十岁，长得高大、结实，有微微发蓝的头发和眼睛，是百里挑一的弓箭手。除了打斗和射箭，我小时候学什么都很慢——从认字到算术、缝衣服、唱歌、弹琴。其他人总是嘲笑我，但纳茹总是耐心地鼓励我。我曾经问她：为什么我不像其他人那样勇敢，为什么我心里充满了害怕——害怕爬到很高的树上，害怕秋天在变凉的河水里捕鱼，害怕在众人面前说话？纳茹并不会像其他女孩那样轻蔑地笑笑，告诉我这是因为我还没长大、还不熟练，她说："那是因为你特别善于体会到幸福，因此也害怕得到它，纳苔。"随着年龄增长，我的恐惧也像伤口一样渐渐愈合了。毕竟，对于成年的、需要参战的族人来说，恐惧是最不受欢迎的情绪。

我就像爱慕先知一样爱纳茹，她是真正的女王。仇恨的火焰已经点燃了我的心。我比其他人要更加憎恶骗子图特。快要生产的纳茹无法亲自作战，这一次，她把一只偏长的匕首送给了我。她要我

咔嚓

做的,就是靠近图特的牙帐,然后用匕首刺中他的心脏,直取他的性命。只要我有办法接近他,对于我来说,这并不是什么难题。

现在,纳茹和几个女伴慢慢地骑马走在后面。她的脸是金色的,神情威严而带着肃杀的气息。不过,随着我们走得越来越远,她的脸不断变小,直到我完全看不清,只像一个金色的小指印,一个指甲盖大小的模印泥佛。她的表情也仿佛变成了淡淡的微笑。当然,这完全是一种幻想,因为我已经完全看不到她了。

我的面前只剩下渐渐缩小的草原,仿佛世界的某个灰色的尽头正在向我揭开。那就是图特的骑兵军了,他们看上去是一片雾霭般的蓝灰色。还好,看上去人不算多。或许他们觉得,以十足的兵力来对付一些女孩是非常可笑的。我们都仿佛感到刺激和兴奋。仇恨的火舌高高跃起直抵咽喉,我们毫不犹豫地加速奔跑了起来。也只有在这样的速度下,我才感觉到铠甲和兵器是如此沉重。

算起来,这还是我第一次正式出征。上一次战事,我才十二岁,只是因为百般请求纳美,才勉强去见识了一下。大人们作战时的平静也使我感到平静,她们的冷漠也让我感染上冷漠。这冷漠是指不为受伤而大惊小怪,也不为在战斗中失去朋友而过于悲伤。这冷漠中有一种高傲,意思大概是:对我们而言,必有某种值得为之而死的东西。虽然,那时我还不明白,那个可以为之而死的东西是什么。

或许因为没有在别的地方生活过,我也不觉得有必要学习真正来到战场后抵御恐惧的能力。无论是纳美,还是其他人,大家都相信胆怯怕死是毫无必要而且受到鄙夷的。我们每个人的生命是如此相似;不仅彼此相似,而且生命中的每个季节也都不会有很多变化。你们眼中日常生活的枯燥、贫乏、缺乏激情,相反却让我们感到快乐。我们最大的冒险和激情,恐怕就是战争了。此刻,随着对方人马的逼近,我开始感到不可遏制的紧张,就像第一次杀死一只鹿的时候那样,胸口发紧、双肩颤抖。我第一次产生了我有可能无法控制缰绳的念头。

我用弓箭杀死了几只大意的"枭"。战斗比我想象得更快,我们很快就逼近了图特王的牙帐。显然,杀敌令我失去大半力气。我再一次看了看远处的云,它们停止了变动,像彩色的碎块一样镶嵌在晶蓝色的玻璃里,散射出透明而永恒的光线。我知道,如果过了这一天,我再也无法心安理得地回忆和享用它了。可我又是如此地想要享用它。我想,这就是纳茹所说的让我害怕的幸福吧。我脱掉盔甲,等同伴们杀死帐门外的枭兵,我就像去拜访他而不是去杀他一样出现在图特面前。我再次见到了那双细长的灰绿色眼睛,他仿佛在等我,仿佛知道我会找到他。

将要拔刀的瞬间,我的呼吸比蜥蜴还要宁静,但我的心却在胸腔里狂跳。我暗暗压抑从内心升起的一种强烈的预感——如果我真的把匕首插进图特的心脏,大概会有人来要我的命。我要选择在这样一天、在这个美丽的地方倒下吗?会有人来和我说"不要去死、不要离开我们"吗?事实上,我为这个想象出的场景感到激动。可以像小时候射中猎物得到纳茹的称赞那样,漂亮地完成今天的任务,不正是纳茹还有她们所有人,也就是说每个人、我的世界(们),最

咔嗒

需要我并且因此和我密不可分的地方吗？如果不再有她们，也就不再有纳苔。亲眼看着我最好的、最大的猎物图特王在我手中死去，作为我平素艰苦训练和保持忠诚的最佳奖励，然后自己在牛奶般柔和的霞光中光荣死去，这不就是我生命里最好的一天吗？

然而，另一种不同的景象在我眼前出现了。显然我已经分了心。这一天，竟然是我人生中第一次见到这种开阔草地和变幻斑斓的朝霞，我并不想在一个上午之后就告别它。我不能去死。朦朦胧胧地，我知道，人生一定有比仅仅看看奇异风景更伟大的经历；可是今天早晨，我刹那间觉得，那让我感到比过去每一天更加快乐，也让我感觉到过去每一天有所缺失的，正是此刻的奇异霞光。我盘算了一下，这很容易，我只要告诉她们我没有办法足够接近他就可以了。

我仿佛就这样在脑海中徘徊了一个世纪。最让我恐惧的是那种我成功保全性命之后的图景。也许我们都安然无恙，但我想，在活下去的每一天里我都无法忍受这个编造谎言、逃脱职责的污点。不过，也许我最终也不会杀死图特。我无法相信，我竟然变成了一个摇摆在两个截然相反的答案上的人，一个畏畏缩缩的不合格的骑兵。这种想法的存在令我痛苦。我耳边一直回荡着纳茹熟悉的、姐姐和母亲一般的声音，这重复的声音简直让我发疯，让我无法在讲述中复原记忆本身的无数灿烂色彩："纳苔，刺啊！纳苔，快刺啊！"

当时，这种尖叫和我以为很难再见到的艳丽云霞完全混合在一起。我想，这一天的事情，就是我多年以后最终留在了这么远的地方,逃离熟悉的一切,生活在不再有亲人的土地的原因。当然,我把这个选择完全看成一种偶然,因为纳苔从小就不是一个喜欢离家出走和展示个性的孩子。

咔嗒

佩加索斯

上次见到他的名字，已经是五六年前的事了，时间极端缓慢，每日的生活千篇一律，回溯过去的几年也无可记述。

我所住的房子没有任何特别之处，如果有，大概像《黑镜》某一集里虚拟世界的木屋，是用来折磨人的。可我所住的并非梦幻或虚拟的时空，而是实在的房子。四季的变化非常明显，只是比起二十多年前来说，夏天更热，而冬天更寒冷。

一开始我喜欢这安静，窸窸窣窣的风和叶子声，寂静得久了，连阳光也有响声，是细细的嗡嗡声，还有日落时的嘎吱嘎吱。不用睁开眼睛，即使戴着眼罩，我也能闻出时间和天气。后来只觉得枯燥。寂寞是不会有的，因为可以表达的情绪和思想已不再适合表达给任何人了。身体的敏锐正在消逝，风景对我来说毫无意义，它不能再引起什么情感和语言。

但是每一次打开门出去，我仍然被四周的崭新与充盈所震撼，草木和云霞对我们的命运是如此无动于衷。也许我们快要死去，但也许什么也不会发生，只是慢慢耗尽生命。听起来，一开始这会把人逼疯，但后来我渐渐习惯了它，也习惯了我的值守工作。我深深知道地球和世界是不可能有"边缘"的。但如果有的话，那必然是在我这样的地方。

在凉爽的庭院里，我们喝茶，躲避着日常生活射来的箭镞。这次我需要完成的任务是让参加"我们世纪的文学与文学研究"会议的人说出他们的真实想法。对于声称将要完成某些目标的人们而言，违背真实的语言没有任何意义。

我看了看他的眼睛，他又露出了那种不经意流露的笑。我知道他很少在众人面前这样。我想他是会和我一起做"诱骗"参会者这件事的。非常简单：把一颗小小的可以立即溶解的药丸放进他们的茶杯，于是他们就会说出他们真心要说，而非假装要说的话了。

我和他的房间刚好在院子里的同一进房间，只是被厅堂隔开。我恰巧带了父亲上次探望我时留下的中南海烟。我递给他，他笑了，房间里升起好闻的、柔软的、熟悉的味道。这真让人心碎。

我们没有过于接近彼此，因为这是约定好的。那并非是由于任何心灵的锁链，而是由于理智和并非激动的情感。很小的时候——那完全是另一个年代，人们对"电视"并不陌生，反而是非常熟悉。电视里有许多比现实更加精彩但绝非脱离真实的故事，使得暑假期间我们的父母总不得不在下班回家时检查电视机是冰凉还是滚烫，我们是否又把许多做功课的时间用在了它上面——我曾看过

咔嗒

一部关于农奴制和彼得堡的电视剧，它让我想起果戈理以及蒲宁……剧中一位女性人物对她的爱慕者说，爱并不会令人激动，只有情欲才会。就是这句话，令我那对电视剧从来不感兴趣的父亲对它的台词与风格称赞有加。大概就是这个道理。

于是我们就这样静静坐着，谈了谈近来发生的事，还有参会者的论文、精神面貌和围绕着他们的流言蜚语。这并不是好习惯，但好在绝大多数时候，这类对话只发生在我们二人之间。一些烟灰落在他的裤子上，他没有察觉。我忍不住伸手帮他掸了掸。他发出叹息，我从心里默默抹去的叹息。

可我没有想到，还有人在阻挠这种任务。一些人像宾馆服务员那样穿着米黄色套装走了过来，他们满脸微笑，端来白瓷茶杯。喝了这种茶，我觉得很不舒服。其实在此之前我就预感到他们要阻拦我们，可我不能拒绝。到了晚上，我和他都开始生病。第二天我们没办法去开会。世界上到处是这样的宾馆服务员——我们无法违抗他们的意志。

我们只需要再尝试一次。

到了第三天，我成功地坐在了桌子旁边。M开始从"另一个角度"谈论起所有人已经知道了的东西。C用被人从文本中提取和发明出来的两种概念阐明，这两种概念从未分开过。

我起身端杯子。一共分了三次，我把药丸不为人察觉地放进了十二个茶杯。

我依然是穿着半年前的军服，但是是整整齐齐的，好像淋过雨又晒干了，总之是干净的。我和一小队人一起走。我们和大队伍走散了，连长姓苗，我们要去找他。但我从来没有这样愉快过。我们这些女兵走过下过雨的旷野，在很多残缺的石墙之间休息和上厕所。我跌进了泥坑，但止不住地笑起来，笑得喘不过气。

我们来到一块空地，地里有很多苜蓿，还有一小块地，一户人种了菜，我就在那里徘徊。我见到一个同志，但是不知道他叫什么。他不急于告诉我他的名字。他好像很高兴，精神很好，告诉我他们刚刚打了胜仗。他把口袋里的战利品拿给我看，有很多子弹，还有几支步枪。然后他坐下来和我下了一盘象棋。

下完了，他告诉我，他就是连长。为什么我之前会不知道他是谁呢？

我已经很多天没有见过那些几年来时不时在附近活动的人了。我们没有新闻，也没有社会生活，人们彼此也是完全孤立、分散的。目前让我感到"紧急状况"确实发生的标志，在于最近两周这种愈发反常的趋势。

我别无他法，只能摇响了铃铛。这是我现在唯一可做的，也是我一直以来值守的目的。仿佛我五六年来都在等待这个时刻，仿佛对安全的确认，只是为了等待危险和崩溃的到来。

意想不到的事情发生了：一群群飞马，这些"佩加索斯"出现在我的视野里。我不知该如何称呼和描述，他们不是那种生灵，但长

咔嗒

得很像。大约有三十层楼(我很久没见过这些楼了)那么高,还没有到看不见的地步。他们看上去是用石头做成的,却很灵活,有大天使骑在他们身上,移动时,他们就发出巨大的轰隆隆声响,伴随着咔嗒咔嗒声。

我的第一反应是他们有点像劳尔·瑟瓦斯的动画短片《佩加索斯》里的那些可以自我复制、自我繁殖的石头天马。这些灿烂的、富有人性的回忆距离我太遥远了。该怎么从有限的人类词汇里找出准确的对应词来形容这幅景象呢?

我只知道,在我做发出警报这件事之前,我需要签下自己的名字。这一次,也是我第一次摇响铃铛,第一次签下名字。而我这才发现,在签名里,也有他的名字,他也是和我一样的值守者,并且似乎就在不远的地方。我从来没有发现过这一点。

我感到很孤独,但这是我应该得到的。我想,我们只能借助他们,在这个冷漠单调的世界上画出痕迹。

信

我不能写诗。

我们的血缘已经在漫天纷飞的烟尘中变得极其淡薄，以至于我不能记起你。我甚至不太敢确认你的名字，因为那是一个普通得让人过目即忘的名字。它曾出现在多年前的报纸上。一个很小的方块报道着一条卑微的新闻，讲述一个身份不明且神志异常的外来者如何扬言要炸平一栋大楼。

他们说你是家族的失败者，是本分善良勤劳平庸的杜氏家族的失败者，是一个不光彩但无伤大雅的点、一个碍眼但不碍事的伤疤、一个继承了不幸血统的不幸之人。一个偏执而好吃懒做的患者。

其实我并不了解你，我不知道你到底是什么样的。想来你应当是我最后的亲人。这个"最后"不是指生死的次序而是你所站立的位置。你总像站在某个不起眼的地方，一个很远很远的地方，等着什么人，等着我长大再等我变老。不像别的人，他们要么已经远去，

咔嗒

要么就站在我的跟前。

你病了十几年了。在你病之前——我年纪太小印象模糊可我还记得——你是一个精瘦的青年，笔迹清秀，喜欢看书。不过在你过去的半生里，你早已失去了真正能阅读的机会。在很久以前的一个闷热晦暗的初夏，我跟随父母回到老家。那个时候爷爷大概走了还不久，至于当时的大妈（你的母亲还是后来的继母？）我完全没有印象。在乡下很窄很窄的田埂上，你穿着在那个年头很常见的白衬衣，抱着我走过去。我的身子有点小，有点沉。我们遇见了一头牛，它横在我们面前，我以为我们就快要跌进水田，吓得不轻。我不记得我们是怎样走过去的。

由于缺乏劳动和长期服药，你如今已变成了一个十足的胖子，喋喋不休地永远说着相同的话。你一遍遍兴致勃勃地感叹和比较那些达官贵人的学历，一遍遍地述说自己早年的功过成败。对不起，堂哥，恐怕我并不能成为你所说的家字号人物。你总是忘了照看炉子，总是把柴火劈得很糟，因此女人们都不喜欢你。她们用倦怠嫌厌的口气骂你，如同抱怨坏的天气或专门咬死鸡雏的狗。

告诉我吧堂哥，关于你在那个遍地黄金之地的生活。告诉我你是怎么改变你的口音的，怎么适应少盐的食物和湿热的气候的。你和你的同伴是不是摊开了布满汗水的粗糙手心，交换那些睡眠不足的抗议。告诉我，你想用余下的还充足的日子读哪些书。你说的我都信，那些黑暗的、让你在梦中喊叫的故事不论重复了多少遍我都信。我相信不是你不幸死去的生母而是从头到脚每一个毛孔都滴着血的东西让你得了病。

　　什么时候你能娶妻,隐瞒你的病情吧,世界应当宽容这么一点不诚实。别让人送你去那个让人病得更重的地方,别去。什么时候再看一看萤火虫(其实我从没见过)。什么时候我再到乡下去,你带我一起去早市——指点我根本不认识的老人。他们半张着嘴巴,乡音浓重,面前豆角和鱼的排列顺应了街道倾斜的坡度。如同所有我去过的南方小镇里不太热闹的集市一样,那里充满了瓜果流荡的液体和芬芳。闻一闻那些味道吧,那些一辈子都没离开过村庄和田地的手臂的味道,那些从浸透了粪肥的泥土里生长出来的作物的气味,你会好转的。你会好转的。

咔嗒

直到今天和每一天

  再一次困倦入睡时，我无比清醒地意识到，你仍没有回来。你离开了一千天，但是就像是一天一样，因为每天你的影像都比昨日更加逼真地重现。或许你只失踪了一天，但它的灰冷与华丽，也像一千天一样值得细细描画。

  今天，我穿过了所有的街道，了解了这些日子里我新认识的城市。它们无一例外地袒露，像河豚留下的鱼骨那样洁净、干燥而不朽，足以致命的锋利齿刃已经变为白垩般无害静止的自我暴露。那些马路是没有斑马线与信号灯的，我轻轻松松穿过它，来到墙面涂成藏红花色的排屋门前。没有任何屋子是真正属于我的，但这让我满意。我观赏着废弃的庭园和屋子之间长满蒿草的空地，赞叹着下午阳光在墙壁上覆盖的糖浆。这展示了人们对于幸福的努力，并且并不掩盖我的努力。我住过那么多陌生的房子，到头来对任何房子都不会感到疏离。

  今天下午，我像往常一样坐在浅小如湖水的海边，蓝色无休无止地拍打我的面颊,留下丝带一样的斑痕。一个说汉语方言的中年女人在不远处为远房亲戚介绍着她的餐馆、宅邸和事业,她在短暂中所分取的伟大。一个棕色头发的女孩跌到浅海里,幸好立刻爬了上来,她的同伴为她晒干袜子,他们咯咯直笑像钓到了一条大鱼。

现在,是一些美国游客在给小美人鱼的塑像拍照,她那么小,充满那么多蓝色。现在是一个亚麻色头发的男孩坐在我旁边摆弄他的相机。然后人声渐渐熄灭,只有海鸥的灰白肚皮像海中船只在天空里的倒影一样来去,和我那么接近,如同你写在一切信息里的言语:是接近的,但无法相逢。正是这些生物每天早上叫我起来,提醒我还有一个弥漫暴雨和泥沙气味的世界等待我加入。

于是我坐上巴士。五天以后,我几乎认识了这个城市所有的人。他们长得很陌生,但也很像我们见过的,就像你的面容一样。我坐错了车,走了很多站,又最终决定往回坐。我买了月票,坐多少次都行。你看见了吗,那些高大的有翅膀的女神像,在逆光的位置熠熠闪烁黑色的光芒,它们投下的分明是我们不信神的人见不到的十字阴影。

在等你的时间里,我去过一个有福尔马林气味的博物馆。我吞下了本来不适合咀嚼的食物——刺五加,苦涩而清酸,带着小刺滚入我原本炙热但因漫长跋涉而终于变凉的胸口。我还在拉萨学会了混在那些抽烟大笑不在乎没有窗子透风照明的藏族男人中间一个人吃酸奶、喝青稞酒。我一遍遍观看我已经遗忘的、门采尔的画,它们的高妙已完美地融化在平淡圆满的外表中。我的导览耳机让

咔嗒

我有理由对身旁的陪伴者毫不理睬，我对他们抱歉地笑笑——这只是因为我在忧虑，你究竟什么时候出现。

在车站，我终于在不知道发音的情况下完全记住了我要去的站点名字，而不再需要询问他人。一位涂着玫红色口红的老太太坐在我身旁，她穿着黑底灯芯绒的碎花长裙，竟然也带着一样纹样的袋子。她笑眯眯地告诉我关于这个城市的"一切"。在另一座车站，我和一群散发橡胶气味的高中生一起下了车。他们从小镇去城里上学，他们的憧憬与厌倦，和窗外无限下降的平整山路完美地融合在一起。我去蛋糕店，买了这里格外便宜的蛋糕。它们被做成类似蒙古包的形状，撒着巧克力，像是不真实的。太多的甜腻也可能变成苦难，但是你比我更爱吃甜食，你可以为我分担。

但你终究会来的，我想，手里刷碗的活并没有停。我不知道它们的裂纹是哪天出现的，每一只上面都有。那些光滑无瑕的白色瓷碗，哪一天变得粗糙暗淡，还生出裂纹，这我已经记不起来了。强迫症的倾向在我心中偶尔升起，我想，如果我可以将皱褶抹平就好了。我知道，在我看到茉莉绽放时这一切疑虑都将消散。它们的白色每年都更新一次。我们哭过了但我们并不知道，最终记忆都将被欢乐取代。我铺床，仿佛每一张床都是我自己的。我叠好衣服，仿佛我第二天要穿上所有丝绸、亚麻的衣服或有美好花纹的印度棉布。它们渐渐变得无可替代，绝不像自以为是的过来人和时尚先生们所预言的规律那样。你越是懂得挑剔，就越是最终寻求不可替代和不再更新的事物。

是的,不再更新了。我曾试图寻找你身上的气味,如同我曾做过的那样。和其他人不一样,我几乎闻不到你的任何味道,除了残余着一丝难以察觉的、牛羊集市上牲口的燥热腥气。那天阳光好得像你一字不停读完的小说,好得让你想要骂脏话。我们停下来休息,随便一处旅馆里,壁纸和天花板上废弃又复原的花纹令人眩晕窒息。我读出这一切的缘由:我早已来过这里了,连心脏巨响的频率都预估得十分准确。你就像修士那样小心翼翼不留下任何痕迹,就像细细的磁带在海绵上运动时留下如细小沙漏声音般清洁而寂静的印象。

　　你就是这样消除我的,也继而消除了你。那时,我想到的却是我见过的一切行将倒闭、坍塌、封杀和清除的店铺,那里贩卖着接近永恒的事物,譬如在绝高峰顶足以救命的小炉子、绳索、长钉、尺子和羽绒毯。我们什么时候会用上它们吗?

　　许多你学习了一次的东西当真有机会用上,而且只有一次,这份危险和决断,并不会因为你早已熟习那技艺而削弱分毫。因此我学习对你的记忆,而真正地使用它却只有一次。我想我不必更多地为你描述我是如何地厌烦而熟稔了记忆——关于我的老家,我所从来的、已经开始漂动起来的陆地。而那些巨大的滴水的叶尖,那些因透明而发出不真实抖动的夏日影像,以及我们围坐抽烟,在燃烧着掺杂蜂蜜的树枝的火塘边抵御无穷的甜蜜泪水和雨雾湿气——我都早在以前的信里描述过了。你知道,我们捕鱼的时候,口里念着咒语,向鱼说话,但并没有求神。我们相信鱼能听到我们

咔嗒

的话，但因为它们在海洋深处，或许听不清，于是就求鬼神、祖先和保护神把鱼引上来。我们深信它能听见，就像我相信你能听见一样。

我说起这一切，你也不必感觉吃惊。在你第一次见到我的那天，我已选择了那条濒死的最大的鲸，和他一起沉入深海。小小隧道迎来巨大光明。和所有有翅膀的动物一样，能够飞翔就善于歌唱。在那短短旅程中，我唱一句，他就唱一句。这歌声什么歌词也没有，但仿佛早已包含了一切，从廉价的感动和爱情到有关祖源和星象的传说。他比我唱得更好——布谷鸟、夜莺，我不知道是哪一个——总之音色更丰满而厚重。他带我去从未去过的地方，或者我已经去过的每一处。而这就是能够让我同时看见所有星体和镜子、所有房间和窗口的人，你让我感到无限的丰富、无限的缺憾，和每一天生命消逝并有所依赖。

你所说的曙光是什么意思

和往年不同,那年夏天,我决定回父亲的乡下老家小住。

我通常只在春节假期才回老家。每年回去,大妈都会做一满桌的菜。印象里永远是那么一张油亮漆黑的木桌,菜多到摆不下,洒落的滴滴白酒,在桌上勾出了许多痕迹。大妈是大伯的第二任妻子,她本来是四川人,因此菜肴都带着典型的四川辣味。每次照例都有的是颇有家乡特色的红菜薹、油豆腐、腊肉、豆丝、黄花菜、梅菜扣肉和豆腐鱼头汤。按老家的风气,饮食是绝对谈不上精致的,倒是格外的咸,咸而美味。

夏季的老家是炎热而多雨的。雨水明显比城里更多些,大都发生于中午前后。不知道是不是乡村的空阔加剧了雨水流荡漫延的气势,那雨水带着一股暴怒似的情绪把上升的暑气压回地面,再无遮无拦地冲进人间,只剩下地上微渺的生灵,平静或苟且地接受这一场大水。

不过两个小时,雨停了。水闸开放,奔腾的水流在水道里疾疾

咔嗒

逝去。天已被洗成了乌青,风凉了不少,这在没有空调的夏季农村生活里,向来是莫大的乐事。

烟灰色的雾气浮动在四野的小丘之间,视线里像涌上泪水一样涌上大片的绿。让我倍感惊异的是,在这个中国中部,也就是说无论地理还是经济上都不算太偏僻的乡村,你依然找到了铺满植被的土地,那绿色仿佛是用最细密的针脚缝在泥土上,远望过去几乎不露一点黄褐或赭红。

正是傍晚,我和堂姐沿着田间的公路回家,至此,发现空空的大地上确乎没什么人。蝉声的劲头去了大半,只有低低的嗡响,去烘托那不能言说的寂静。我想起,作曲家三宝的老师告诉他,休止符带来的沉默不是空无,而是音乐的一部分。只是我不能想象将乡村作为城市乐句的一个休止符。

大雨涨了田里的水。于是大伯去"看水"(也就是检查稻田里的水量是否适宜,防止出现漏水或淹水)。草木、稻田和那片晶明的池塘都是绿色,其间有一点用最小号的笔点上去的白,那是大伯的身影。

此刻,稻田的香味在雨水的作用下得到无限膨胀,完全压倒了牛粪的气味。那是白米饭前世的味道,是盘中餐与禾下土在融合后成就的一种比花香更接近土地、比草香更接近粮食的独异气息,令所有未事稼穑的人都铭记于心不敢忘怀。

大雨的一个常规作用是告诉大伯屋顶哪块又漏了。坐在屋顶的检漏师傅和我的亲人开始亲切地交谈,但我无法弄清(应该也不打算弄清)这个村子简明又复杂的宗族关系或人际关系,因此除了点头微笑之外便只好缄默。其实弄不清关系大概也只是最不重要的原因;因为尽管我能听懂,却不能使用老家的方言。

所以,在二伯家吃午饭时,我大部分时间都用来沉默地咀嚼那些过咸的食物。语言,或者说口音,让我不愿开口;一旦开口,就不免窘迫。不知怎地我忽然想到掌握当地语言对一名人类学者来说的重要性,当然我并非人类学者,而且我感到,假如本是陌生人,学习方言或许是有利于亲近的;但作为宗族的一员去学习这种方言,恐怕只能加剧陌生。

夜里也下雨了。或许是因为清凉的夜风,我很久没有睡着。众人已经安歇,我自然不可能打开电视,武汉的朋友便以短信的方式向我播报南非世界杯半决赛西班牙对德国的战况。城市固然有城市的寂寞,乡下又确乎有另一种寂寞。比赛就这样播报完毕,余下的就是听黑暗中乱窜的老鼠打翻瓷碗和打破玻璃的情节。

第二天早上六点,我一起床就发现桌上放着几朵还没完全绽开的栀子花,纤弱白净,其上布满细小的水珠。大妈从田里割完草回来,告诉我下了雨栀子就开了,便摘给我。为了刚出生几天的小牛,大妈每天要割两次丝茅草。我也和她一起去割过草,同时发现,我是不能单肩担负起一百二十斤的重量的,尽管这重量可以被一个七十岁的妇人并不艰难地承负。我已不再能花上五六年的时间,

咔嗒

从十多岁担到成年,以适应七八十斤到一百多斤的增量。

我只能接受,这种我姑且称为局限的东西。也许,我应该更加真诚而有些悲哀地说,它和语言一样,造成了某种裂隙或者毋宁说是鸿沟。

我们用来洗菜的地方就是离家最近的池塘,虽然那里也紧挨着垃圾和污秽。我用多次的清洗,来尽可能地维持某种清洁观。久蹲和俯视后再抬头仰望,令人脖颈酸痛。我在这片轻微的酸痛中环视,看到了我身旁已在县城安家的堂姐,接着看到了绵绵密密的绿色。绿色里面是破败的楼房,当然有些楼房外表光鲜,却依旧只能让人想起破败。

基于我有限的学识阅历和身边同学的描述,我知道中国的乡村由于地域的分化而拥有了一万种形式。我看到,乡下的一切都在肉体和精神上死亡,人们并不渴望挽留。这里弥漫着绝望,旷野里无尽绿色所散播的巨大生命力和乡村实际上的衰败氛围形成了强烈的对比,不能不让人慨叹。这种绝望早已不仅仅是来自贫困和闭塞,更大程度上来自于抛弃。没有人再回来。长我许多岁的堂兄,在珠三角某地打工的经历让他失去了安宁的灵魂,若是不然,他也不会回来。

我不能简单地评说,那些生活在都市中的人(不论是生在城市还是本来生在农村),对乡村的怀旧是自恋、甜腻甚至虚伪的;我只能说，一切想象和怀旧，恐怕更多是出于一种无奈。已是无奈，无须指责。

　　离去之前，我看了一眼被拴在院门口竹林前的小黑。大伯有过很多只黑色的狗，正如中国所有乡间黑色小狗那样，它们差不多每一只都叫小黑。这只小黑似乎比以前的更为狂躁，由于它弄死过几只小鸡，大妈不得不把它整日拴起来。只要有人接近，它就会兴奋地剧烈跳动，摆尾狂吠。每次我用手喂它食物，它都不无刻意地把我的手和食物混为一谈，让我不得不无数次中断喂食。分别时，我知道这又是最后一次看到它。下一次的小黑不会再是它，或者根本不会再有任何小黑。

咔嚓

IV

对

照

在下落不明的大地之光里

1

　　真的能书写自己的诗歌"阅读史"吗？除了阅读的过程本身，我和我谈论的对象之间还有怎样的关系呢？我翻开了从中学到大学本科阶段的读书笔记，试图在渐渐漫漶的记忆之尘中梳理出一条清晰凹陷的小路。单看笔记中的诗歌部分，阿赫玛托娃、茨维塔耶娃、阿米亥、狄兰·托马斯、史蒂文斯、昌耀、西川、张枣胡乱地挤在一起……这次"温习"令我再次回忆起不少自己都已经遗忘的诗集和诗句，而这个发现无异于进一步令人尴尬地确认，自己的阅读，特别是诗歌阅读，包含了多少"偶然"和"无意识"的成分。更重要的问题在于，那些对我有过最深远影响的诗人，正因为其精神能量在他们的文字中显得太过庞大和密集，反而无法被我的笔记本"捕获"。那些更重要的诗人的诗集，被我画满了有形或无形的下划线，一旦我需要重新阅读，就会直接拿起书本，而不需要参考笔记。通过这种排除法，事情变得略略清楚了起来——我能立即举出几个在我书架上出现，但从未进入笔记本的名字：里尔克、策兰、海子、痖弦。这显然并非多么独特的个人诗歌史名单，这几个诗人已经成为二十世纪九十年代之后许多诗歌学徒或一般爱好者心中的原典或正典，代表了现代诗歌中某种强势的声音。

与我们（既读也写的人）在诗歌写作中可见的变化或"进步"相比，诗歌阅读的"阶段性"特点或变化过程则要显得模糊得多，更多地呈现为"一体化"的阅读视野。如果说观察阅读历程中的"成长"是困难的，可能并不仅仅意味着，我们这一代从中学到大学这段相对漫长单调的学院生活和客观上"诗龄"还不够长久带来的"观测距离"限制，同时它也恰恰意味着某种历史感觉趋于平面化的症候——我们这代人常常感到，自己没有经历太大的动荡，或者即使社会发生了那样的动荡，自己也很难近距离地置身其中。缺乏动荡的生活带来的并不是秩序感，反而是涣散和无序，我们貌似有许多种"生活方式"，但并没有许多种可以选择的生活。于是一方面比较闭塞，隔绝于历史的现场感和复杂性，另一方面又有种因为被压抑而愈加旺盛的对于历史"真实"的渴求，不再愿意隔着语言和修辞去认知、介入世界，甚至不时希望离开这种生活。这种心态导致我们对文学的态度是暧昧、矛盾的：我们希望在均质化的社会中通过一套文学体制和符号获得个体表达的独立、自由，但是又对文学在社会文化"等级"中的滑落及其带来的写作者（不只是诗人，还有小说写作者）相对晦暗的主体姿态和生活方式感到颇为不满。

咔嗒

当然,历史和社会状况本身一直在发生着改变,甚至近年在某些方面加速着改变,然而我们越来越频繁地感觉到,似乎从某个时刻起,我们不再能够看到历史向前推进的方向,或者说,对于我们在社会结构中的位置而言,这个远景已经很难为文学者们把握、言说,遑论干预和影响。在我们进入大学并开始逐步社会化之后,整个社会圈层日益破碎化,而知识者的位置也因为种种被动或主动的原因不断退回到学院之内,甚至即使在学院之内也不得不埋首于越来越琐碎、表面化的事务,难以实现"跨越专业藩篱而进行深层合作的动人图景"①,而这幅图景反倒是中学时代的阅读曾经带给过我的朦胧幻想。

我持续体验着这种错位:从中学时期开始,我们渐渐感受到我们读到的文学不再能对应和指导现实生活,它和生活之间的距离乃至对比越来越明显。在我少年时代所处的小环境中,文学流通的渠道似乎总是零散、自发、滞涩的,我只是在书店里偶然地遇到二十世纪八九十年代或者更早年代的旧书并被它们吸引,而这时它们已经不再被大多数人阅读了。

这种文学与生活的脱离,更大的原因仍然来自时代整体的推移。对我们而言,从十二三岁开始,要是拒绝当时在同龄人中普遍流行、几乎成为唯一文学消费品的"青春文学",就很容易转向"纯文学"的胃口,因为那些二十世纪八十年代和九十年代初的小说、

① 孙歌.论坛的形成[M]//孙歌.求错集.北京:生活·读书·新知三联书店,1998:104.

诗歌几乎是我们最容易获得的读物。到了二十一世纪第一个十年快要结束时,正如李陀所言,这些书写基本已经无法继续解释社会生活,无法建立"文学和社会的新的关系"[①]了。

近五年,事情又发生了新的、剧烈的变化。文化消费者面对电脑和手机屏幕早已有了一千种消磨时光的方式,越来越个人化的媒体平台意味着我们很难再通过文化消费,特别是通过与电影、电视剧、视频媒体相比而言处于绝对弱势的文学图书载体,来争取一个能够为群体(即使是"文艺青年"也划分成了太多的圈层)所分享的共同想象,或者塑造一个公共意识的领域。由于从事图书编辑工作,我对近年来整体阅读环境对于严肃文学、对于诗歌的"不友好"程度有着切身的体会。人文社科领域仍然可能出现表现亮眼甚至持续走势强劲的书,但文学类图书则要困难得多,而这种状况似乎不再是仅仅通过"调整"文学作者自身的位置,积极建立和社会、民众之间的关联就能够改变的了。带着这些体验,再来看从十几年前开始的诗歌阅读,我的确发现所谓个体的趣味,实际上最早就是被庞大而无形的文学体制、社会机器展现给我们的"前端"所塑造的。

2

我开始真正接触现代诗是在 2005 年左右,那时我刚上初中不

---

① 李陀.漫说"纯文学"——李陀访谈录[J].上海文学,2001,3:7.

咔嗒

久。当时文学阵场上仍然显示出一股从二十世纪九十年代延续而来的"散文热"，我家书架上也出现了不少散文集，其中一本是2004年的《收获》散文精选。我因此偶然地在这本书中读到了北岛写里尔克、策兰、洛尔迦、特拉克尔的文章。可以说，我是因为无处不在的"文化散文"或"学者散文"的触须而走向现代诗歌的。

在此之前我只零散读过一些并未留下深刻感受的拜伦、雪莱、济慈、莎士比亚、纪伯伦、泰戈尔，这无疑只是因为他们进入了大多数人心中的文学经典名单并因此出现在书架上或成为语文教育的课外读物。如果缺乏必要的文学史知识，又借助本来就有些蹩脚的翻译，这些诗作会令十多岁的读者感到相当疏远。对比之下，遇到洛尔迦、策兰的我，也如冯至初见里尔克《旗手》时为其"色彩的绚烂，音调的和谐"所迷那样，惊讶于那些诗行中奇异的、富于紧张感的修辞，以及并不依赖传统格律而实现的内在韵律和节奏——尽管这是通过中文译文感受到的。

我开始寻找里尔克、策兰的更多诗作来读。我对这样高强度地向内凝视的文字表达感到非常亲近。对于此前大部分时候只接触小说和散文的我而言，散文文体似乎是更加不言自明的表达，它对读者散发的吸引力根本上来自它所描绘的那个世界的吸引力。或许正因如此，从一开始我就感受到了诗歌最不同于散文的质地，但这也归功于北岛选择了这几位欧陆诗人的诗——它们是如此明显地不同于包含更多议论、长句子和线性叙事的现代英美诗歌，比如叶芝、艾略特、奥登、惠特曼。如果借用陈词滥调来说，我也疑心是它们选择了我。我为那些词语之间同时出现的巨大亲密和张力而震惊、着迷。

不同于散文，诗歌本身是一种伴随着"学习"的阅读。文章的水准，固然也依赖于修炼语言本身的美感，但更多的在于作者的性情、学识，在这一点上它更能够接续中国古代散文的传统资源。然而我最初接触到的诗歌向我展示了语言对于文本的绝对统治，语言本身成为表达的内容。正如学习其他所有语言一样，学习一种陌生、艰难的语言是为了说它，或者说，学语言的本意也许只是为了读，但是在学习它的过程中，也就不可避免地开始了：对我来说，阅读诗歌的过程也是学习写诗的过程。我正是为了在这种特殊语言里寻求某种庇护而选择和它待在一起的。这种庇护不也是"示播列"的意思吗？当时我对生活感到不满。在那个年代，我所经历的小学时代几乎没有成绩、名次的观念，但进入中学后这种情况突然变化，一时间似乎每个人的"价值"开始直接和学业表现上的等级挂钩。尽管身为"优等生"，我却时时感到这种秩序的荒谬和压迫性。在很多个放学之后的傍晚，我关上房门，静静面对里尔克和策兰的句子。它们无形中强烈地逼迫着我开始学习这种困难的语言。

多年以后，我渐渐意识到，将散文和诗歌清晰地切分开来，或许部分地造成了我对诗歌本体的固化认知，尽管这种认知可能很难真的被扭转：散文可以联通不同群体和视角，可以言志载道，义理、考据、辞章兼备，而诗歌处理的是更加集中于个体的、幽暗的经验，是"任个人而排众数"的表达方式——这种偏执的观念来自最

咔嗒

初的诗歌经验和文学教育。

到了高中之后我才进一步认识现代诗歌，那时朦胧诗和海子、顾城开始出现在语文课本中，尽管课堂上师生声情并茂的朗诵方式令我感到有些荒诞和滑稽。大概和很多同代诗歌读者一样，学校图书馆里的"蓝星诗库"给了我们中国当代诗歌的启蒙。因为被教室和私人空间所切割的促狭生活环境，我反而加倍地迷恋海子、西川开阔的诗句。与此同时，我正在囫囵地读一些有关当代中国社会文化的书籍、文章，对于在我们成长中持续产生影响、形塑我们精神结构的二十世纪八九十年代有了粗浅的理解，我辨认着它的逐渐离去和被一个新的时代所替代的过程。我自小居住在一个和我所在的城市形成某种对比的空间里，那是一个军事院校，或许我曾无意中从这个高度强调集体主义和理想主义的社区获得想象的安慰，海子那以个人方式继承的集体主义政治抒情修辞和语调令我感到十分亲切。同时期我也在狂热地阅读张承志，他唯一的诗集《错开的花》强力地吸引了我。张承志的诗和海子，乃至阿垅一样，倾向于"烈火"而非"修辞练习"，这样的文学品质和写作观念深刻地影响我对诗歌的感受力。阿垅在《箭头指向——》里谈论诗歌的文字是我在诗论中读到的少有的铿锵之声："让没有形式的那种形式成为我们底形式吧""诗是人类底感情的烈火"。但是这就意味着诗成为宣传的工具吗？阿垅是这样来理解力和美、战斗与休息之间的关系的："诗本质地是战斗的……假使爱情是那个果肉，那么战斗正是包裹保护果肉的一种坚皮刚刺的外壳。"

在那个网络阅读尚未大面积兴起的时代，当时不少主流的人文类刊物,比如《中国新闻周刊》《三联生活周刊》《读书》,仍然在许多城市居民和知识分子的阅读生活中扮演重要角色。这些杂志中的专访、人物侧写总是客观上将许多文学作者与其他人文知识部门的工作者放到平行和相近的位置,至少呈现出某种跨越不同知识部门、形成互动和共振的表象。于是一方面我们被培养、塑造起一套纯文学的趣味,另一方面我们却很少从文学史脉络去认识文学本身,那是我进入中文系专业学习之后的事情了。2010年以前我仍然更多的是根据文化上的地位观察诗人、小说家、电影导演、音乐人的身份,认为他们和同时代的思想、文化问题幽深地纠缠在一起,而且他们常常被媒体偏颇地塑造成叛逆的、孤独的、拒绝与大众和商业文化合作的形象。这部分地解释了为什么后来刚刚进入大学,开始和写诗的同龄人打交道时,我们会因为谈到诗歌而在心中唤起那样强烈的认同感和亲密感。

在我最早读到翟永明的时候,也几乎同步地从肖全《我们这一代》的影集里最早认识了她,她和文艺领域众多"精英"的形象并列在一起,代表世人期待中的当代诗人应采取何种面貌示人;我从《天涯》里读到于坚、西川的文章,被诗人身上"散文"的部分打动,这种散文性的确能够让我们在更大的语境中来理解诗歌和诗人的文化意义,但这些文字与真正有社会阐释力和批判力的杂文或学者散文还有距离。与此同时,我们读到的"蓝星诗库"里的诗人已经在此时改变了他们的诗歌写作,因此对于他们的诗歌和散文,我们的认知实际上继续包含时间上的错位。这样的认知状况大概成为那种错误观念和印象的源头——第三代诗和二十世纪九十年代"转入相对独立的个人写作"(臧棣语)那样的诗歌书写,依然能够天然地在社会文化中获得精英和启蒙者的地位。直到大学,我的这种印象才渐渐得到纠正。

不过,中学时期没有人和我谈诗。我最好的朋友喜欢西方小说、中国古代文学,但很少谈起现代诗。我也陆续读到于坚、海男、雷平阳的诗,然而那似乎是距离本质化的"诗歌"最远的一种阅读,因为当时选择这些诗人很大程度上是由于对特定地域的兴趣,以及由于我身在武汉,长江文艺出版社的雷平阳诗选是当时在书店容易见到的品种。

3

十几年后,策兰仍然是我一读再读的诗人。我爱慕着那些看似简单的字,它们在任何语言中看起来都美;我爱慕着那些声音,黑暗、沉厚而有光泽,策兰对海德格尔的深刻理解令他的诗带有后者的语言风格;我更爱从冷峻意象中忽然迸发的、浸透了感情的"万千颗粒的愁苦",他反复使用的呼语"母亲",他永远在诗中寻找的言说对象"你"。面对"你"的言说姿态,显示出他与人世的未来向度之间不可能缔结真正的关联,他的写作是一种朝向被深埋入地层、被去历史化了的过去时间而进行的。

我不止一次和来自中欧、北美的文学专业或其他人文专业的学生提起策兰，但是令我吃惊的是，他们一致的反应是很少读他、很少了解他。当我在一个诗歌活动上与邻座的美国青年随口聊起策兰时，对方抱歉地表示自己并不知道。我意识到，在广阔的世界范围内，他和他代表的诗歌路径或许仍然是被遗忘、被抛弃和难以被理解的小传统。而与此形成鲜明对比的是，策兰在当代中国的诗歌读者中间已经是高度显性的存在，这无疑归功于北岛、王家新、孟明等译者的译介。

这种国内外读者对策兰的接受上的明显差异令我有些迷惑，但或许这种差异恰恰表明，一部分当代中国诗人之所以选择翻译、追摹和崇拜这样的西方镜像，本来就有所意味——它指向对身份和命运的想象：成为一个诗人，就是成为一个不受欢迎的人、不断迁徙和逃亡的人。策兰一生不断流浪，离开家乡来到布加勒斯特、维也纳、巴黎、耶路撒冷……他只能和他的敌人共享一种母语——德语，他的境遇使人想起卡夫卡的境遇："无法不写作，无法用德语写作，无法以别种方式写作"。他在强势语言中创造一种弱势的语言，用语词发明来改变德语的性质。精神国土的虚无和丧失，对不可言说之物的持续言说，这些策兰式的主题塑造出许多诗人自我认同中的崇高感。

策兰几乎在用使用物质的方式使用词语："更换地址，在物质中间／回到你自己，去找你自己，／在下落不明的／大地之光里"。他的词语能够紧紧缠裹物质，或者切开它们。他的词语以一种坚硬、

咔嗒

绝对的面目出现在我的眼前，就像伽达默尔谈论策兰时所说的："有些东西曾经如此寂静地结晶着，有些东西曾经如此微小、如此光亮并且如此精确，那种真实的词即是这样的事物。"结晶般的质感，来自策兰要告诉我们的重要之事：一个固定的点的确存在。如阿兰·巴迪欧所说："存在和真理，即便如今失去了一切对整体的把握，也还未曾消失。"对于策兰的喜好，也包含了我对于"后现代"文化及其阐释方式的强烈怀疑。

但是没过太久，我就逐渐意识到，我最初对策兰的阅读是一种非历史化的、脱离了语境的阅读。他的杏仁、七支烛台、石头、蕨、玫瑰、上帝……一开始我并没有认识到这些富有犹太气味的隐喻所承载的文化意涵。后来，在进一步认识策兰的过程中，我一次次惊讶于他的文本是如此之厚，你无论从何种层面去读它，都难以将它穷尽。他每个短句子都像松枝上的松针那样自然生长但紧紧贴合，那些仅根据意象或词语的表面风格去试图模仿策兰的诗人是无法接近他一丝一毫的；我们不能获得那发出策兰声音的器皿，我们也无从凝视他曾对视过的深渊。策兰向我展示了那种诗歌理想：他凭借词语来搭建他的房屋，将一种普遍性的个人经验而非仅仅针对某个特定民族和事件的发言灌注到词的缝隙之中，但与此同时我们又能无数次地从他的词语表面窥见抵达历史深处的门。他被太多的哲学家、思想家谈论过，这足以证明他文本的全部张力和厚度。

最初打动了北岛也影响了我的这几个西方诗人都有很强的超验性背景，或者生长于某种宗教文化中，但我关注的重点似乎始终不是这种宗教性本身，而是它看待世界的视角和这种视角带来的诗学效果。即使是以否定方式来靠近的确定性、绝对、整全，对我而言也有着强大的魅力。我们最初就是在一个丧失确定性的世界里展开文学阅读和自我社会化的。

后来很多年里，让我欣赏、产生共鸣的诗，都恰好有宗教的一面，比如我曾偶然读到的诗人丹尼丝·莱维托夫（Denise Levertov），还有我反复阅读的美国华裔诗人李立扬——他的诗是少见地可以用来朗读的诗，我也不止一次在宿舍楼无人的阳台大声朗读。我喜欢的穆旦、痖弦，他们笔下也能见到神的身影。和大多数中国人一样，我没有宗教信仰，也从未认真考虑过信仰宗教，但因为诗歌或多或少对我来说意味着"另一重现实"，对我来说是不同于散文世界的表达，我反而总是愿意寻找与我们当下普遍的生活境况形成对照和补充的面向。

在穆旦、痖弦那里被呼唤的神，也已经并非里尔克、策兰、艾略特、奥登的神。中国诗歌里的神是一种被翻译过的超验视角和美学存在，是一个诗人面对无法解释的、被重重历史苦难包裹的生存世界时想象出来的绝对视角。有时，这种视角也可以并不需要神的出场，它造成了类似戏台的效果，像痖弦那样，他用现代主义、存在主义的语调传递十分古典的情绪，用富有音乐性的语言和整齐、有规则的诗形书写那些崎岖不平的人事。他的诗持续地给人带来宣泄、净化和治愈的效果。在他笔下，平凡生活中的苦难和艰辛何其深厚，超出文学思考的范围。我们在体会诗歌的治愈效果的同时，实

咔嗒

际上也是在体会那些令我们痛苦的事物本身，体会它们对于生活和生命的意义，内心深处认同着里尔克为诗人规定的生活、工作准则：生活是有机的，"你的生活直到它最寻常最细琐的时刻，都必须是这个创造冲动的标志和证明"。三十多年来的当代中国诗歌不断寻求语言和现实之间的平衡关系，我有时却不禁怀疑那种急切与现实建立关系的欲望实际上正是来自这种根深蒂固的二元思维，并进一步加剧了两者的分离。

4

一些经典现代主义诗歌中十分重要的母题、词汇、意象、气息，确实在很长时间里不断离我们远去，成为"下落不明的大地之光"。爱、死亡、孤独、信仰，这些词由于过度使用以及庸俗的流通方式而历经通胀，我们越来越缺乏对这些词语的身体性的体验。当我愈加清晰地辨认，当代社会的理性话语和主体再生产逻辑几乎多么彻底地将痛苦、疾病、死亡、非正常状态从日常生活中隔离了出去，当我发现我的同代人和更年轻的一代是如此无法形成对生活的整体感觉，我才再次感到诗歌阅读和写作能够在一定程度上成为重建内心秩序感的方式。

在大学阶段，我进入了"严肃"学习写作诗歌的时期，一度大量阅读中外诗人的作品，但主要着眼于技艺的修炼，因此我领略到的更多是"术"而不是"道"。大多数作品可能令我一时赞叹，但是过了许久之后就发现它们实际上难以进入自己的内心体验。当时我频繁参加诗歌社团活动，也偶尔主持讨论，抱着做课堂报告一般的心态去阅读，结果发现那些讨论过的诗往往都是最难以给我留下印象的诗。似乎在最初学习写作的时期度过之后，模仿的本能和热情渐渐消退，大部分诗歌只能提供片刻的感兴，而难以真正"寄生"于我的感受和理智器官。

这个时期我也开始密集关注身边当代诗人的写作，这些诗参与到我和这些诗歌作者的实际交往中，并因此不断加深着我们彼此之间的理解。王辰龙、砂丁、李海鹏、苏晗、方李靖的诗各不相同，但也分享某些相似的心性和情绪。其中一些诗为我们这代人相对匮乏的历史感觉做出了修复性的努力，它们或许未必"正确"，但是有效。诗歌展示了个体面对庞大历史时的细微感受和处境，特别是在历史本身越来越难以得到完整言说的时候，是这些诗一次次为我开启现实罅隙中的生动细节，持续抵抗着弥漫在我们每个人周围的漠然。

就在同一时期，微信的迅速普及和微信公众号的兴起，悄然改变了许多读者的阅读方式，微信平台传播法则所追求的效率、经济性，实际上和现代主义诗歌信奉的语言的经济性不谋而合，微信公众号从诗歌中榨取的价值往往表达在文本编辑中的标题、摘句、加粗效果上，它们的传播带上了难以回避的"鸡汤"色彩。因为这种诗歌流行方式造成的负面观感，因为我自己也曾短期从事为公众号炮制近于鸡汤的诗歌解读文字，在一段时间内我的确对一般意义

咔嗒

上的诗产生了审美疲劳的体验。同时，由于年龄、处境带来的客观条件的变化，诸种现实问题愈加急速严峻地展开，面对学业、工作的压力和日趋机械化的生活，我很少再像从前那样密集、长时间地读诗，大部分阅读时间也为其他门类的书籍所占据。

然而，这也并不意味着我彻底放弃了诗歌阅读。暂时疏远了对"术"的热切心情，让我得以重新考虑"道"的问题。出于从小对民间音乐的爱好，我曾为一位朋友的传统音乐档案整理工作干过一些杂活，当我读到新疆都塔尔歌曲中的唱词，那些诗句的音乐性以及它们与旋律的完美结合久违地唤起了我最早接触诗歌时的那种甜美、惊奇的感受。我在思索，这些音乐的工匠，将来自民间或诗人创作的歌词和他们对乐器、旋律、音乐传统的理解如此贴切地缝合在一起，仿佛让我重新看见那更大的诗意。与之相比，我们所熟悉的当代诗又为何频频显得拘束而困窘……在一首传遍新疆的伊犁民歌中，歌手唱道：

> 西方来的风，吹倒了葡萄藤
> 称作"心"的那个疯子，你抓不到

当我和一些并非"专业"诗歌读者的朋友谈到诗歌时，我发现他们心中的诗在很大程度上仍然保留了可以"歌"的秉性，这也让我怀念起那些民歌来。许多人对诗歌的兴趣似乎仍然在于，相信诗歌能调动起集体的情绪，能在个人经验的基础上对那些最普遍的主题保持抒情的意愿和强度。

我曾短暂地到访亚美尼亚，使我印象格外深刻的是亚美尼亚并未经历过"言文一致"的语言工具革命或"白话文运动"，他们的诗歌与古代诗歌保持着更加连续的关系。根据对亚美尼亚当代诗歌英文译本的粗浅阅读，我发现许多对当代中国诗歌来说十分常见的词、心绪和句法都很少出现在这些诗里。这个事实再次提醒我，也许我自己面对的文学传统和文学现状，反而是多少有些"不自然"的状况，是一个事件和许多事件造成的结果。那些缺乏我们所认为的"现代主义诗歌"的民族和语言，又会怎样去感受和书写他们的生活呢？当我阅读为维吾尔木卡姆歌词贡献了重要来源的诗人纳瓦依，我不仅为其诗中苏非主义的迷醉境界所打动，更逐渐意识到，作为一个出生于二十世纪末的当代人，之所以觉得这些诗的词汇表十分有限、主题不断重复，很大程度上不是因为自己拥有一个更解放、启蒙、现代、理性的"主体"，不是因为自己生活在一个更加复杂的时代，而恐怕是因为，我们无法再去体会那些词语在不同诗句、体裁和语境之中的微妙含义和差别了；是我们自己的心被太多的语言喂养得粗糙、麻木，而非相反。当然，我们的语言和历史一样包含着不可逆性，但我越来越渴望接近的，是清晰和确定，是那种要把我们带到"如此光亮、如此精确"之物中去的诗。

咔嚓

在宇宙寂静巨大的胸骨上

几年前，我收到几个朋友的邀请，在一个雨夜去往一个英文诗歌朗读活动。当时的北京还活跃着少数几个我还认识的从事文学、音乐创作的外国人，而他们在这两年间匆匆离去，令我更感到此地文学生活之寂寥。就是在这次活动里，我偶然地认识了本·汤普森。那时他身穿白衬衣、卡其布裤子，还拄着一根手杖，支撑他大体稳健但也微微有些吃力的步行。在幽暗、杂乱、后现代的众人身影里，他因此闪出与周遭有些不同的白色亮光。由于年纪的缘故（他生于1948年），他略有些佝偻，身量不太高，不过看起来依旧很有风度，浅色眸子非常锐利，面容轮廓分明，属于彼得·汉德克那一类型，还留着一点花白胡须。

在昏暗灯光下，他登上讲台。开始朗读后，现场变得无比安静。这首诗给我留下了不可磨灭的深刻印象。当然，每一期诗歌朗读会，其他各国年轻诗人也不时有让我喜欢的佳作（但也受限于我无法全凭听力来即时捕捉、领会所有的英文诗句），然而，汤普森的诗作是截然不同的。他读的是《毁灭》(Vanishing)。那天回家后我便立即联系他，仅仅因为我特别喜欢，便将这首诗翻译出来。

《毁灭》以 1983 年欧洲的反核运动为背景，书写当时绝望的心绪，又发出神谕式的判断与呼告，但并未陷入某种僵化的政治宣传和政治正确的情感模式。

毁灭
——为凯茜·波特

半掩的门开向
狭小洞穴，香料燃烧，
我停步于黑暗

（在另一个国度，陌生的一天）

炉膛里橙色火焰闪耀
几年来，我已在睡梦间
熟识这香气

溢出欲望的火焰
在宇宙寂静巨大的胸骨上
燃烧。

咔嗒

楼梯在我们面前降下
四空中歌唱着"神秘依然存在"
我想,这便是石头间长出的面包了。

尽管现在,雪如此迅疾
我们不再留下足印,
依然有痕迹残留在
这狂喜之中

尽管这些小房子
在雪下面沉睡
祖先们铺上鲜花
仿佛我们已经死去

仍有差别
"差别万岁"
隔开了我们和他们
我还有你

在寂静和那寂静之外
一次次折叠进寂静的剧烈叫喊之间

果真可知吗！在虚空的宇宙

和两个在宇宙下面手牵手的人之间

有着怎样的鸿沟！

小房子,熄灭的灯,

你为你头生的孩子画十字

但天使来接领你们

并且那些伟大的律法

那些伟大的思想毁灭,

那些悲哀的小房子

在雪中毁灭。

但是,回到我在这个国度里的一天。

你,爱人,如此善好——

甚至无须言说或思考什么

我们就在那里

两具躯体,因为挤在一起而感到窘迫

因为我们的同属同种正在毁灭

咔嗒

在这样一个宇宙

不假思索地
在如此短的历程之后
全然毁灭。

汤普森的朗读抑扬顿挫、铿锵有力，但没有丝毫刻意表演的成分。主要也是因为他用字比较简单，能让人在现场立刻听懂、把握，并传达出十足的感染力。这不就是当代所匮乏的、并不落入口号的朗诵诗吗？我一直苦恼于为何眼下许多年轻的同代作者在追求语言的难度、经验的复杂的同时，弱化了诗歌的声音效果，完全不考虑朗读的因素，摒弃了受众即时性理解的某种可能，而本却完全展开了这种可能。他在使用简单词汇和句法、让听众充分吸收诗句意涵的同时，并没有降低诗意本身的难度和复杂褶皱，这正是我所赞赏乃至追求的效果。

原来，本也是一名演员，在不少中国电视剧里担任配角。他是来到中国后开始学中文的。那时他已年过半百，但是在七十多岁的时候，他对中文的掌握却已经非常熟稔，让人吃惊。正如冷战时期的人们对另一语言的掌握那样（比如中亚人和中国人学英语、学俄语），他掌握的这一外语也是十分书面、优雅，不完全"当代"的。我常常在那些并非成长于中文环境的人那里看到这样的表达——用字审慎、精炼，还常会用一些或许不大日常但是贴切语境的成语。他说他被剧组弄到了一个"鞭长莫及"的地方。过了几天，我便去他们剧组的所在地拜访他，而这也是至今我们唯一的一次短暂见面。

在北京郊外的酒店里，他仍然穿同一件白衬衫（这时衣服有些脏污了），显然他过惯了非常简单的生活。他的午餐是焦糖饼干和黑咖啡——随身带着咖啡壶。对于一个老年人来说，保持这样的生活习惯并不容易。在大多数中国人的看法里，一个本来有了一定社会地位和经济能力的人，是不容易放弃安稳和享乐的。相比之下，流通在网络和视频中的许多中国导演、演员喜欢展示自己吃盒饭等等行为，以说明自己是如何朴素、"接地气"，实在是毫无自知之明的拙劣作秀（我并不反对享乐，只是觉得本来奢侈的人刻意向人表演"简朴"实在虚假、油腻）。

本·汤普森是《共有的习惯》作者、著名的马克思主义历史学家爱德华·汤普森的儿子。爱德华·汤普森在1956年因为苏联的某些世人皆知的原因退出英共，但继续坚持他的左翼理想，同时他也是一位诗人，认为诗歌对人类社会的作用不亚于经济生产。父亲对于"主义"在权力中的变形的反思、彷徨，对现实生活、边缘地带的关注以及对文化的依恋，都像明暗不定的烛光一般投射在本的身上，塑造了他的面容。本认同于一个被共同分享的文化世界——包含里尔克、钢琴家普列特涅夫等等，而这个圈层在中国似乎从未存在过。中国人追求的是可以过日子，能够过下去正常的日子，无论普通民众还是知识阶层大多数人都是如此（这也很容易理解）。然而汤普森的确从这些完全世俗的生活里腾出了手，思索着一个知识工作者所冀望的远景。

就在我认识他的这年，本结束了中国的工作，回到了英国和爱尔兰，并在爱尔兰林间和朋友一起搭建了一栋木屋。此后我们便邮件通信，不过往往一年间也只有五六次。他每年安排一两次出国旅行，安心于独自出行，时不时发邮件给我看他的旅行照片，住处都很朴素。剩下的时间，他更习惯于在自己的小木屋里，一个人进行密集的读书、写作，也常做一堆好吃的食物，日常出门散步，在大自然里悠游。他的儿子早前因为服药过量在中国离世，女儿在伦敦生活且精神上有些不安定。他的前妻多年前和他分开各自生活，但并不是没有遥远的精神联系。本自己和他的家庭成员的命运，似乎反射出二十世纪的巨大余晖——这光焰是怎样照亮他们，又在他们周围的世界慢慢熄灭甚至被黑暗取代。

本做过古典吉他教师、工人、程序员、演员，除了参加反核运动，他也一度和潜入、居住他人房屋的"占屋客"们往来密切。譬如搭建木屋这类本领，我恐怕一辈子都没办法学会了。随着时间的推移，这些活动对大部分人来说已不能成为爱好——盖房子、做木工活，母亲会做的缝纫还有父亲早年参战时学过的射击。要真正学到这些技能，还得在实际生活的"逼迫"下完成，而现在人们所缺乏的正是这样的逼迫。人们的劳动经验、社会经验的范围也变得越来越狭窄，即使通过读书、看视频，一个人也很难真正掌握这些实际知识。

本是一个比较旧式的诗人,他不爱读近几十年的诗。他常说西方文明的花朵正在枯萎,他便生活在这样的文化生命期里,即使是有时打交道的欧洲诗人们,他也认为他们大多是粗鄙、庸俗的——看来这类现象在全球各地都存在。他热爱隐居,时常在漫步时对林间的草木朗读自己的诗句以获得校准、灵感并帮助自己完善和修订。

他的诗是极为独特、美丽、让我难忘的,焕发出当代诗(不论中文、英文)里很难见到的品质。譬如,他写了相当数量的哀悼诗,亲友去世触发的个人记忆和公共话题的连接点成为他写作的重要动机,这些诗并不感伤滥情地书写自己和逝者的交往,而是完全赞赏、怀念逝者的精神遗产,或借此回忆过去一个时期可爱可亲的生活状态与情感往来。

他常常在诗中寄寓针对政治问题的批判与讽刺,都不使用过度复杂的譬喻和修辞,而这些批判所对应的并不一定是许多中国诗人所理解的那种社会事件、新闻、一次灾难或战争,而是这些现象背后的社会文化状况与精神结构,是一种从具体场景切入的总体性言说。

他大胆地使用"我"发言,不避讳抒情诗的体式。但他很少写完全琐碎的日常细节,而是将视线投向人与世界、人与人的精神性关系上;他笔下的"我"总是让人感到与周遭人与事的亲密,而非现代主义写作中常见的与周围环境疏离、割裂的状态;更多的时候,他则会毫不犹豫地使用集体性的代词"我们"——不是两个人、三个

咔嗒

人的"我们"，而是一整群人。在当下使用这样的口吻和视角绝不容易，它要求的不仅仅是能够与他人共同实践或共同感觉的热情、感性，也同样要求作者相当清醒，具有强悍的判断力和超越普世性政治正确的智性视野。

本厌恶诗歌中那些自以为是、自我中心的言说方式。捷克诗人米洛斯拉夫·赫鲁伯曾说，诗歌就是杀死心中的聒噪小狗，而本认为，今天这些狗变得很大，并且无处不在。这种心理结构不只属于写作者，而是时代文化的生动写照，是大众精神的一个环节。一切政治上有关"权利"的探讨，似乎已不再能超越狭义的第一人称"我"，不能设想在被组织起来的、超乎个人的秩序中实现快乐和幸福。这令他悲伤，正如他失望于大多数欧洲民众对俄乌战争的理解，这种理解是比较短视、比较肤浅甚至非常片面的。

当然，本的思考环境和丰富的人生经验，对当代年轻人来说十分困难甚至不可能取得。他年轻时不会过多地被经济压力干扰，而且有着非常优越的知识背景。他曾写长信向我讲述他的写作和艺术道路，对他人生产生重要影响的是战前和战后都很有名的钢琴家杰拉尔丁·佩平（Geraldine Peppin），左派诗人兰德尔·斯温格勒（Randall Swingler）的妻子。在埃塞克斯大学的第一个学期，本经历了精神崩溃，是杰拉尔丁帮助他恢复了某种镇定、喜乐，并因为她的鼓励而开始了吉他课程的学习。大学的大部分时间，他都在弹吉他而非学习。毕业后，他有意识地接触劳动人民，进入了伐木队、建筑工地工作，还当过几个月的纺织机清洁工，接着又去了钢厂干了一阵子活。自那以后,他学会了与各类阶层、经验不同的人自由交谈,从不装腔作势或尴尬无措。这样的历练,也是今天大部分写作者所无法拥有的财富。他持续不断地追问:晚期资本主义世界的人们,还能如何形成有机的联动并创造更合理的生活?他以为只有在中国有这种希望——这一判断不是来自他的抽象理念,而是基于他十多年在中国生活、工作所进行的观察。我无法完全同意他的这个看法,但他提出的这种当代西方与中国社会的对比和差异,的确令我赞同,并且被长期储存在我的思考基础之中。

本写作多年,作品未曾正式出版过,只是以自印小册子的形式流传在少数友人中,直到2019年,他薄薄的诗集《白郁金香》(*White Tulip*)才获得出版,汇集了1972年到2011年的诗。他坦言,自己近年来致力于出版自己的诗集,主要的考量是在有生之年确保自己的名字在图书馆的一隅也能获得一个位置,不辜负自己知识分子父母的培育,与他们的成果平列在一起——这使我有些心痛。在英美世界,文艺类图书的出版难度其实低于中国,但汤普森直到七十岁才正式出书,除了缺乏机会,可能更多的是因为他自己不愿有意经营、在文人圈子里社交。对比之下,中国的大部分写作者,则显得多少有些急躁、浮夸。我又感慨,名利的成就,实在无法衡量一个人在艺术与思想上的跋涉和贡献。

不能说本·汤普森代表了所有那一代知识分子家庭后代的状况,但也依然代表了一部分典型。在中国,这样的知识工作者或许是存在的,但也十分稀少,或者因为各种系统的设定和规则而被遮

咔嗒

蔽、隐藏着,无法扭转这个世界的意志之齿轮。然而或许本·汤普森这样的人,也并非过去那些文化的余晖,或许,他们将再一次成为先知,是那些隐去了自己,而为蛰伏的真理带来希望的人?他为我们带来的自我觉知和灵性,是阔大、幽冷、弥漫性的,也许我们有一天真的会看见这些启示,并在宁静的宇宙重聚——

我们要把音乐弹向太空,

如同从笔尖溅出的墨滴。

唤来那舞者和他的新娘,

一起踏上穿越两个世界的旅程。

在最后一首歌的最后一节,

声音在坑穴中回响。

观众从烟尘中站起,

为太阳和月球而鼓掌。

——本·汤普森《半掩的金色大门》

阳台

1

今天天气不像往常初夏的北京,突然下了大雨,又露出蓝色天空。

我想起高中时,有一天我们外出参加了活动,几个人走在外面,迟迟没有回到学校和教室。回到教室的时候,遭遇了老师的冷嘲,意思是我们有意躲开上课的时间。那时已距离高三的最后阶段不远,我没有逃课过一天,但那天觉得晚点回教室理所当然。或许我已经不再有意于维持好学生的空壳,连最后一点碎片也不在乎扔掉了。只要我能给出我该给出的"成绩",又何必在意这些呢?

2

我一直不太习惯现在的住宅形式,沉闷,密不透风,只和外界

咔嚓

有着暂时与局部的连接部位,各家各户也不再有交流的机会。而我最早有记忆的几年,屋子总有水泥地阳台,打扫起来只需要洒水扫地就可以,叶子常常飘落在阳台上,大雨会打湿阳台。阳台连接着厕所,晚上去厕所要到外面的黑暗中去一趟。这样的中介位置,我们已经永久地失去了,我并不理解为什么现在的民居不再有那样敞开的落雨的阳台。和外物与他人之间,我们因此也不再有相互连接又稍稍隔离的处所存在。这就好像当代媒介带来的效果一样,既不连接,也无隔离,只有生硬的捆绑、并列或冲突。

经历了原生家庭中漫长的孤立生活之后,我们这类人别扭地迎来在学院特别是文科学术体制中的寄居,而在此之后,现在我来到"他们"之中了,或者至少是在经济位置与劳动模式上,和那些"大众"并无任何本质的区别。然而,我知道我们并没有真正生活在他们中间,不再有一个这样的他们了。我们从何处体会和认识这些社会与生活?那就是媒体。

在异族——不仅仅是民族意义上的,还可能是阶层、文化、趣味上的——中间生活,才会感到被挤压,或者自卑或者傲慢。但如果身在主人位置或者生活在相对紧密的共同体中,则往往表现出优裕和从容。这就是我在所有的城镇与村落,以及和那些少数族群交往时感受到的。但越来越普遍的那种"不在家"的体验,正在把后一种位置夺走。我们越来越少有生活在自己人中的感觉。如果说在边疆吸引我的并非只有异域风情,那么,更多的是这样一种难得的自由,因为还能不使用一种被污染的语言,并且还能有一定限度地不使用被污染了的媒体。

在我们这一代最早树立和被潜移默化而来的人生观看来：我从未设想过中医的优越性可以登上严肃媒体的首页，也未曾想到个体言说的权利成了需要辩护的内容。流量真的是公共的吗？十几年前，普通的博客日记也似乎比现在的流量文高得多，不是因为"厉害"，而是因为诚恳、扎实、言之有物与可贵的交谈品质。这种交谈已经被"作者"（那些人很多还称不上作者）"出卖"自己的逻辑所取消。

3

我们又有眼光向下的趣味，想要贴近"人与土地"，两种看似矛盾的精神和趣味一直在我们身上争斗，但实际上也并不矛盾吧。在那些具体的沾着尘土与光辉的人面前，我感到令人目眩地迷惑、坦然地失去方向、惊惶、愉悦和自由自在。

曼德尔施塔姆说："简单的机械的巨大和赤裸裸的数量是与人相敌对的，使我们迷恋的不是一座新的社会金字塔，而是社会的哥特式建筑：重心和力量的自由游戏，人类社会被想象为一座复杂、浓密的建筑森林，在那儿，一切都是有目的的，一切都是个性化的，每一部分都与巨大的整体相呼应……在那些受地震威胁的国家里，人们建造低平的房屋，这种对低平的追求，对建筑的拒绝，开始于法国革命……但地震也不怜悯那些低平的房屋。"

咔嗒

该如何将"人的个人炉灶中的火苗吹燃为宇宙性的大火"？摒弃了大词之后，我们应该动手建造怎样的集体或社会建筑？当然在剑拔弩张的此刻，或许谈论这件事不合时宜，但此刻的剑拔弩张，也正是清算过去"建筑"法则的缘由。成长时代物质生活的相对富足，或者说经历从相对富足到不那么富足的历程，令我们这一代愈加地感受到，不再能接受"幸福"的哄骗了，而且那种个体的幸福，也越来越无法和善好、正义的价值相互割裂；这二者的相互割裂，也愈加地成为我们的疾病。如果说我们要求平等，那么，那种平等一定不是贫穷、乏味、无尊严的平等。那个落雨又落叶的阳台在居住空间中渐渐彻底消亡了，但我依然想念着它，我们也应该再次地拥有它。

演戏

　　高中好友萌萌几年前送我的胭脂盒仍摆在桌上。平常的牌子，不过觉得它的光影投在墙上很好看。白天拉上窗帘时，光很暗，才能清楚看到这影子。萌萌最喜欢张爱玲，我才受了她的影响，从小到大断断续续看完张的东西。前几天又重看《色·戒》。萌萌也最喜欢梁朝伟，常常谈起托尼梁。托尼和刘女士在一起，当年我们都觉得很不舒服，正如当时托尼的千万崇拜者一样。他有一双把什么都变得苍老和苍凉的眼睛，只要他的目光拂过，桌子椅子烟缸稿纸，都变得老旧起来，不仅仅是本身的老旧而已。这是王家卫电影里的别人所不可以做到的。

　　张爱玲写的易先生的小鹰巢确实值得留恋，有天方夜谭的市场上才能遇到的奇珍异宝——六克拉的鸽子蛋，只可惜是一个道具，只用那么一会儿工夫。王佳芝心生怜惜与遗憾，这是许多女孩看到美丽东西时的本能，觉得太耀眼的注定要很快失去。更何况此时正是王佳芝的戏快要谢幕之时。十年前我读这小说，没有十足体

咔嗒

会它的好,觉得反而比电影差些。其实那是因为太肤浅,看得不仔细。安静下来再看,发现每个细节都铺垫着王佳芝的命运。

我又以为,这种留恋舞台的心态,李安的电影里没有办法展现,可是重看电影的时候,又发现他是透彻表现了的,那就是王佳芝坐在人力车上,半路遇到封路,身周的尘世还在流动运转,妇人赶着回家吃饭,不过她知道自己的人生快要结束了。她听了,脸上露出冰冷的苦笑。画面闪回——她忽然回想起自己在学校演话剧的时候,在台上,演完了她还不愿意离去,赖秀金邝裕民几个同伴在观众席叫她:"你上来呀!"就这么一个细节,是原文所没有的,但是导演借此隐喻王佳芝此时还没有完全出戏,她心里必然有几分后悔,也有几分理所当然。那个三轮车上旋转的小风车特写也极好,虽然是借助女主角的视角,但是是不多有的用法,因为这个人物视点的镜头,既不参与叙事,也几乎不算是描写,是不能和第三方分享的表述,完完全全是属于王佳芝的内心体验。就在这一瞬间,电影把观众放到王佳芝的身体里,让他们借助王的眼睛来看她无穷无尽又骤然促狭的生命。应该有不少人和我一样,就在这一个镜头出现时,眼泪忽然落下。当时,我第一次写下了勉强算是评论电影的文章,那年我十六岁。

张爱玲眼光真狠,知道女孩子最羡慕的并不是那颗鸽子蛋戒指,而是做戏,一直不下台。王佳芝喜欢舞台的明亮光辉,觉得兴奋。这是张爱玲笔下少有的真正有过澎湃热情的女孩子,不管是为了自己,还是为了国家。

回想起来，我们做小孩子时也很喜欢私下演戏。这种演戏的娱乐是怎样开始的，我完全不记得。表演就是模仿，为一开始并不存在的声音找来一个躯壳。我这几天偶尔会想起那个画面。一个姓何的男孩，是我的幼儿园和小学低年级同学，他有老成的微笑的眼睛，嘴唇总是干燥起皮，手指也是。我和他平时并不熟悉，因为他并不爱说话，只是喜欢笑，因此我对他印象也很好。只记得大概是一年级或二年级冬天，有一天到教室太早，只有我和他两个，刚好位子又坐得很近。气氛不免有些呆板。他看我不说话，就转过身来，把他长长的干燥的手放在桌子上，敲出一连串声音，跟我说："你听，像不像马过来了？"马蹄声。武汉天气很冷，木头桌面冰凉，有好听的回音。我自诩比别人成熟，忽然觉得他是我认识的同龄人里的唯一一个"大人"，懂事的人。我赞叹地(不知是配合还是真心)说："是啊是啊，真有意思。"但看起来，他是真的自豪于这样的模仿。不知道为什么，那么小的时候，我也觉得那蕴含着某种大大的浪漫，和大人所说的浪漫没有任何关系的那种。后来换了班，我十七八年没有再见过他，只知道他去了美国，印象里只记得这一个最具体的场景。

咔嗒

不可能在一起的人

　　非常喜欢钟孟宏的《阳光普照》这部电影。这是一部可以把远距离的叙事性和近距离事件的戏剧框架完美结合在一起的作品，而且在两个方面都做得很好。没有过多铺陈，但导演选择去精细刻画的部分都非常准确和狠辣，如黑轮的断手和没有手的感觉、菜头几次在车里拿烟和吸烟的镜头。

　　一开始我把注意力集中在漫长的原生家庭生活留在两个儿子身上的阴影，但后来回顾时感到菜头与阿和的关系构成了抻开整个电影的强大张力。尽管看上去，菜头的戏份不算很多，但他位于能够逼迫阿和的核心位置，这令他起到推动情节的作用。如果没有最开始的事件，这一切或许也就不会发生。

　　在最初观影时，或许我们会稍稍代入阿和或父亲的视角。仔细揣摩，这种情感反应，不仅仅是因为表面上阿和一直处于相对弱势的地位并受到菜头的骚扰和胁迫，而更是因为，我们认为菜头犯法而服刑合乎常理，阿和承担了或许并不出于本意的过失而已经接受了惩罚，更何况他有这样一个正直但不知如何关心儿子的父亲和一个经济窘迫情感疏离的家庭。我们会在心中不自觉地同情阿和。不仅阿和反复跟菜头撇清自己与砍手的关系，就连阿和自己内心都接受了"只想吓吓"黑轮的说法。这个时候，我已经快要把片头阿和明显出于怯懦和惶恐而否认唆使菜头这件事抛到了脑后。尽管阿和或许真的并不想造成暴力犯罪的后果，但菜头对阿和的意思有另一番领会。阿和的谎言和对菜头的最终抛弃，是显然的。

我们为什么会有这样的情感反应？菜头那句"阿和现在那么好"，让我们觉得理应保护他，他是受法律保护的人。然而，菜头当初砍黑轮，是在抛弃和违背了法律的前提下完成他对阿和的允诺。法律并不会在乎菜头的行动并非出于自私，也不会在意就连黑轮也默认是阿和而非菜头才是砍自己的那个人。我们大多数人和阿和一样凭借现代社会运行逻辑的保护，回避了我们受损害的道德感觉。属于地下社会的菜头自然只能站在阳光的对岸，对阿和父亲说话。

好的电影最终传达的不是或者不只是一个观念或一种反思。这部电影不止于表现东亚家庭结构中隐匿的痛苦，更让我们看到，如果给人物另一次选择机会，实际上也未必有更善好的发展方式。只有不需要人际交往的世界，才会完全正确、没有错误。在看到父亲或阿和、菜头身上这些"错误"的同时，可贵的是，电影并没有否定这种爱，而是同情他们，为他们爱中的缺陷与遗憾。

看完电影我也会联想到《他人之子》《罗塞塔》这样以戏剧性见

咔嗒

长的电影，而且它们的主题也都是关于爱和错误。也许阿和始终认为自己并没有做错什么，我们也愿意在内心说服自己相信，可是最终却不能。不论他会不会知道父亲杀死菜头这件事，也许有一天他能意识到和理解这种失去，可是那时他已经再也没有机会了。整部电影中阿和散发出沉默而坚韧的气质，这和他内在生命的怯懦与逃避形成微妙的对比。

我们或许不可以通过最日常平淡的交往来确认"在一起"这种感觉的存在，反而是需要通过缺失、冲突、亏欠来认识。我们实际上渴望突破局限受困的自我，走出狭隘的安全与封闭，真正与他人"在一起"。但等到我们通过后果和伤害来认识和学习和他人在一起的方法，往往已经太迟。友谊是一切自由情感的基本形态，也是共同生活和共同行动的基础，只是我们往往在现实中不会有那样自由的选择。砍人之前，阿和与菜头的友谊和情感，属于一个重视情义和共同行动的世界，那个世界已经渐渐缩小衰败，取而代之的是冷漠的交换。在那个世界中，我们和小范围的同伴一起行动，没有什么真正的承诺和契约，除了我们自己不受伤害的良心。

在曾经一次短期的克尔凯郭尔研讨课中，我们讨论了这样一个基本的问题：人是否能够宽恕。答案是否定的。宽恕的前提往往是抹除已经有过的罪过，而这不能发生。更重要的是，这种宽恕就算可以缓解和消除被冒犯者的痛苦，也无法改变冒犯者一方的道德感受：我无法假装没有做过那件事。

黄鹤一去不复返

——有关电影《太阳照常升起》

　　在过去的十二年里，我看过这部电影五次。写下这篇文章，也是想解开它身上未能被大量阐释所稀释的谜团，探讨它一直跟随我、如一团黑暗而腥甜的血充溢在我身上的原因。从最早看它开始，它的画面和音乐便覆盖了我的经验、我的感官，变成我看待事物的一层目光；而再后来，每次观看时，我又会想起那些已经被它改变了的记忆，它一遍遍加重了它们的色彩。

　　姜文执掌下的镜头和人物关系乃至人物本身都是不断晃动、切割的，你会觉得，在刚刚遇到某些人和场景时，它们就注定是要告别和失去的。他提取了那种瞬间的分离感，用无数个这样的瞬间构成无限，并因此把每一个瞬间变成无限。

　　最初吸引我注意的是，除了姜文一贯注重并且擅长的动作设计、抽帧、叠印以及大量的短镜头构成的炫目效果之外，这部电影在姜文作品序列中略显特别的地方在于，它是一部将自然环境本身拉到前景位置的电影。过去的十多年来，我屡次到达和重返它用

咔嚓

某些特定的地理位置和环境为我勾连的意义之域（云南西部、南部，北疆、东疆和南疆，内蒙古等），揣摩和测量那些对"我"有所意味的人世或自然纹理。

片中疯妈讲述自己如何离开沿海地区，进入内陆边疆，也同步于二十世纪五十年代到七十年代中国人口的流动模式，通过劳动、生产、政治运动、婚姻，他们将不同的省份逐步改造为一个统一的国度，也将不同的时间改造为统一的时间。当身在云南的疯妈用温州话念着本来对应"鹦鹉洲"（我的故乡）的"黄鹤一去不复返"，我们辨认着导演对地理空间的想象力，它不仅诞生于姜文在不断迁徙中度过的童年，本身也是新中国对"祖国"意识的塑形方式。祖国持续讲述着它何其广阔、丰饶，而这都归于同一个历史目的。唐妻讲述，她的未婚夫从南洋"去了祖国"。"祖国"进入我们身体的过程，最早也是通过地理的学习开始的，而在国家推进的人口迁移和后来的"大串联"中，这种想象进一步扩大，并成为现实。

我感到，很多年来，我们对边地的理解存在着某种稳固的两重性，一种是我们亲自到访的、不断变动的边地，还有一种则是相对恒定的集体和私人记忆中的影像和气味——这二者很有可能在某些具体的层面发生重叠，比如那些建筑、言谈方式、边地和内地的时间差距。在内地大城市被废弃和被掀翻的那些时代印记，仍然在边地部分地保留它的残余，这一点无需多言。令我感兴趣的是，这种因为地理环境所保存下来的时间意识，在姜文的镜头中化为情绪，而这种和空间紧密相连的情绪有力地塑造和推动了叙事。

姜文对小说《天鹅绒》做了大幅度的改写,把原著所讲述的相对简单的情欲故事变成了属于自己的故事。影片故事发生的地理位置实际上相当具体而明显,但是导演并没有直接标出城市或省份的名字,只是将之抽象处理成"东部""南部"这样的方位词。姜文的父亲参加过抗美援朝,正如影片中的李不空或阿辽沙,因此他增加了这一非常个人化的设定,似乎证明他在某种程度上借这部电影探索着自己的来源。唐老师、唐妻和小队长之间的故事,与小队长的疯妈,在小说中本来是两条线索,但是导演却使二者发生"短路",将之变成一个故事的两个段落或面向。

影片中的人物是一些不断从生存的后果中辨认出自我和记忆的人。一开始,疯妈根据梦境指出她需要"黄须子的鱼鞋",还比画出了大小。她买到的鞋子就像是从梦魇中订制得来的成品,而非经过挑选——这也隐喻着,人物并非经过挑选得到一个未来,而是因为未来的某个结果,而挑选着自己的渴望和梦境。

咔嗒

后记

　　《散文》杂志和百花文艺出版社是我写作历程中至关重要的一环。2008岁，还不满十七岁的时候，我向已经读了一阵子的《散文》杂志投稿，文章被幸运地发表了出来，而这也是我写下的文字第一次正式在刊物上发表。

　　这本杂志上的许多文章让还在上中学的我明白，原来散文不一定总是要像学校教导的那样传递什么"观点""教训"，也不像市面上许多流行的散文书那样分享"鸡汤"或浮面的历史知识。我开始发现，原来有一些作者真的可以用散文传递当下生活经验的质感，为无法用任何论文或小说言说的东西赋予一个有意味的文学形式；这些文章所展示的真实生活的截面，会令我兴奋、战栗或悲伤流泪。之前我只在一部分现代文学经典作家那里读到过这样的文字。但是有一天，我忽然觉得自己也可以写了。就这样，作为一个不太快乐的优等生，我汇集、运用着茫然人生里仅有的才能，把漫长的观察和感受锻炼为一篇篇文章。慢慢地越写越多，积累到今天,迎来了这本书,也就是我的第二本散文集。

我的语言表达受到我所喜欢的作家的影响,他们包括:许多"京派"作家;相当抒情、忧伤而又辽阔的阿左林;一部分写回忆录的俄苏作家。不过,或许我也有许多无法通过模仿和学习而流露出来的偏执、冲动与沉迷。我一直想要抓住生活中看似碎片的成分,并找到它们中间的联系。我以为正是这些碎片折射着我们置身的时代的面影。

成年后我也开始练习写诗,后来也出了诗集,时不时被人称为"诗人"(虽然我还是不大适应这个称呼)。最近流行"浓人"和"淡人"的划分,我分辨不清自己到底是热烈的浓人还是疏懒的淡人。写诗的时候或许需要变成浓人,因为一首诗需要在相当短的篇幅内制造出紧张感,有那么多感觉、思想和意识需要被提炼、浓缩,我常常会在诗中表达强烈的情感或提出棘手的问题,又需要略去许多不那么重要的、个人化的细节;而写散文的时候我又变成了淡人——这种"淡"也许是我更为根深蒂固、更加本性难移的一面,我觉得有许多事难以被真正改变,人也难以从生活中梳理出什么历史观或哲理,只能观察、理解、慨叹世间纷繁的事象。

我想写的,而且一直在写的,不是惊心动魄的事件,不是让人叹为观止的风景。打动了我并且让我去写作的,是某个平凡人不为人知的隐秘故事,一个街头卖艺人的日常,一间破旧而美丽的、记录了生活史的房间,又或者一段令人心碎的音乐,一座城市或小镇的特有的气温与湿度……所有这些都不能被写进其他的文体。

咔嗒

我特别喜欢寻找那些鲜活的、有历史感的街道,看疏朗地流动在街上的行人,观察各类店铺、民居、建筑遗迹,无论是在中国还是在异国。这样的景观永远深深吸引着我,带来了我回忆中熟悉、亲切的生活,而这种生活是我无形中远离了的。许多年来,我已经是一个孤独的现代性的主体,我倾向于做不需要与太多人接触的工作,我被有着利益关系或竞争关系的人所包围,我往往生活在充满了陌生人的大城市——无论是北京还是老家武汉。可是我永远想象着还有更从容的、更有人情味的的街巷与生活,在文章里把这种情思写了下来。而这种想象本身,不正说明我们生活的匮乏与缺憾吗?

　　我眼前所见的当下的一切,或优美或疮痍,都与我的早年记忆混合起来,构成别样的色彩与气息。我想用文字把它呈现出来,长久地居住在其中。不仅仅是抒情,也不单单是记叙事件或发表某种思想。我自以为这些文章,正如"生活志"丛书想要展现的那样,见证了思想、经验和感觉紧密生长在一起的状态。

　　这本书第一辑主要写写近处的、还离得不远的生活;第二辑是一些和旅途、和远方有关的随笔;第三辑更带有述说"故事"的性质,而这些故事大多和我早年的人生,以及对故乡的看法有关;第四辑谈一些触动了我的文学或影像文本。回过头看,这些文章有一多半是写在数年之前,也就是我更年轻、更乐观或许也更天真的时候,有一小部分是最近一两年写的。其中有一部分曾在《散文》或其他刊物发表过。它们不完美,常常也不深刻,可是我相信,如果不记录这些,不发出我的声音,这些经验片段就会被回收进这一种或那一种历史叙述的粗硬声音里,被稀释,或者被彻底忘记。

这个年代,认真写散文、随笔的作者特别是年轻一代的作者已经不多了。即便去写,媒体和图书市场也更欢迎所谓的非虚构文类——要有热点、有话题,有时更多是欢迎"无我"的客观视角的文字。人们似乎不像过去那样有余裕与散淡的心情去读一部专门的散文集。从这个角度来说,我非常感谢百花文艺出版社的这个"生活志"丛书鼓励我书写这些"有我"的文字,并为它们在世界上提供一个并不显赫,但是清新、安静的有形空间。同样非常感谢多年来接收我的稿件的编辑田静女士。所有这些点点滴滴的事情,无形中缔结成命运之网的关键脉络,帮助我确认着不可回避的写作的快乐与动能。

咔嗒